「ワタシは、いつもウィッシュ兄と一緒だからね！」
「あ、あのっ、私も北門の防衛に参加したほうが良いのではないでしょうか？」
「一緒に南門の防
JN034900
役立たずと言われ勇者パーティを追放された俺、最強スキル《弱点看破》が覚醒しました

「——《混沌の光《カオティック・ノヴァ》》」
ゼフィレムが何の予備動作もなく、
俺に向けて攻撃を放ってきた。
魔界の軍を率いて、
人間界へ侵攻を仕掛ける
漆黒の魔王。
ゼフィレム

身体が咄嗟に反応していた。
俺は超高速で飛んできたエネルギー波を、
ナイフの刃で真正面から受けていた。

「僕は、お前をリーダーとは認めない。勇者とは認めない」
「でも！　今の俺には、信頼できる仲間が居る！」

役立たずと言われ勇者パーティを追放された俺、最強スキル《弱点看破》が覚醒しました３

追放者たちの寄せ集めから始まる「楽しい敗者復活物語」

迅　空也

HJ文庫
1049

口絵・本文イラスト　福きつね

目次

プロローグ

追放された者たちが集まる場所――アーク。

アークには今日も平和な声が響《ひび》いていた。

「リリィちゃん、おはよう！」

「今日も暑くなるから、農作業中しっかり水分補給するんだよ、リリィちゃん」

俺《おれ》の隣《となり》を歩くリリウムに村人たちから声が掛《か》けられる。

「うん！　みんなも体調には気をつけてね！」

リリウムは元気よく応えた。

村人たちから「リリィ」と呼ばれ、親しまれている女魔族《まぞく》リリウム。かつては魔王軍《まおう》のトップである魔王の座に就《つ》いていたが、ここアークでは至って普通《ふつう》の住民の一人である。

「ほんと、みんなリリウムに対しての反応は変わらないな」

「うん……」

リリウムは村人たちを温かい目で見つめながら小さく頷《うなず》いた。

リリウムが元魔王である、とアークの村人たちに告げたのは数日前のこと――

村人たちがリリウムの正体を既《すで》に知っていたという事実には俺も驚《おどろ》かされたが……。

こうして敵対している種族が自然と交流しているのを間近にすると、世界《せかい》は本当は平和なんじゃないかという錯覚《さっかく》に陥《おちい》ってしまう。

――でも、それは本当に錯覚なのだ。

人間、魔族、転生者、神……種族や性別を超《こ》えて交流しているアークが特殊《とくしゅ》なだけで、一歩、外の地域に出たら人間と魔族は敵同士だ。

……いいや……人間同士も対立しているのがレピシア《この世界》の実情だ。

アーク内での種族間の融和《ゆうわ》、この小さな奇跡《きせき》をレピシア中に広げていく――それが俺たちパーティーの目標である。

勇者パーティーを追放された商人の俺。

魔王軍をクビになった女魔族リリウム。

世界《せかい》から弾《はじ》き出された転生者のノア。

女神《めがみ》でありながら神々が住む天界を追い出されたミルフィナ。

それに、伝説の魔竜《まりゅう》フォルニスと魔王軍幹部ルゥミィという心強い味方もいる。みんなで力を合わせて、この辺境の地アークからレピシアを変えていくんだ。

俺はリリウムと村人たちの会話を聞きながら、決意を新たにした。

◇◆◇◆◇◆◇◆◇◆◇◆

夕食を終えた時分。

「今日は、みんなに良《い》い知らせがあるぞ！」

俺は、ノア、リリウム、ミルフィナに向けて言った。

「もぐもぐっ……お知らせ～？」

幼女女神ミルフィナが食後のオヤツを食べながら訊《たず》ねてくる。

……ってか、夕食直後のオヤツって、もうそれ夕食の延長じゃん。夕食の一部じゃん。

というツッコミをミルフィナにするのは疲《つか》れたので、俺は話を進める。

「今日の昼、商人ギルド本部の人がアークに来たんだが…………なんと！　俺たちが作ったクーラーボックスが、商人ギルドに正式に採用されることになったらしいぞ！」

「え!?　ほんとに!?　やったじゃないのよ！　これで大金持ちね！」

目を輝《かがや》かせて言うリリウム。相変わらずの強欲魔族《ごうよくまぞく》である。

「おめでとうございます、ウィッシュさん！　クーラーボックス、レピシアの人々に喜んでもらえると良いですねっ」

　一方、真っ先に世界《せかい》の人々のことを考えるノア。さすがはパーティーのしっかり者である。ノアはクーラーボックスを作った本来の目的を忘れていなかったようだ。

『人間と魔族の融和』の他に俺たちパーティーが掲《かか》げた、もう一つの目標――それが『世《せ》界《かい》中の人々を豊かにする』ことだった。

「ウィッシュ兄《にい》、これからはレピシア中の美味《おい》しいものがアークでも食べられるようになるの？」

「ああ！　ギルドに正式採用されたことで、これからは世界《せかい》中の商人にクーラーボックスが商品として卸《おろ》されることになる。そうなれば、レピシア中の街にクーラーボックスが広がって、やがては食料流通に活用されていくだろう！」

　内陸地のアークでも、いずれ海産物が食べられる日が訪《おとず》れるかもしれない。

「わぁ♪　楽しみだね！　ウィッシュ兄！」

　満面の笑《え》みを浮《う》かべて喜ぶミルフィナ。

　徐々《じょじょ》にではあるが、俺たちパーティーは着実に目標に向かって進んでいる。

　この小さな一歩を大きな一歩にするために頑張《がんば》っていくんだ。

一章　新生魔王軍

　クーラーボックスが商人ギルド本部に正式採用されてから数日後。

　俺たちは、アークの住民総出で追憶の樹海《フォルニウム》の路網《ろもう》整備に取り掛かっていた。

　商人ギルドの副長であるギルバートさんと結んだ契約《けいやく》は、俺たちが開発したクーラーボックスを商人ギルドに独占的《どくせんてき》に卸す代わりに、大都市ルーヴィッチとアークを繋《つな》ぐ交易路を整備するという条件になっていたのだ。

　ルーヴィッチから追憶の樹海《フォルニウム》までの道を商人ギルドが担当し、商人ギルドに魔《ま》の樹海と恐《おそ》れられている追憶の樹海《フォルニウム》の整備を俺たちアークの住人が行うことになっていた。

「……ふぅぅぅ」

　自然のまま放置されていた樹海内の路網整備は結構な重労働であり、俺は思わず大きな息を吐《は》いてしまう。

　木の伐採《ばっさい》……というか倒壊《とうかい》作業はフォルニスがやってくれたので、作業工程は大幅《おおはば》に短縮することができたのだが、その後の整地作業に体力を消耗《しょうもう》させられていた。

身体《からだ》を使った農作業を毎日しているので体力には自信があったのだが、これが思った以上に疲れる作業だった。

「ウィッシュ、だいぶ疲れているようですね。ちょっと、こちらへ来てください」

一呼吸入れた俺に声を掛けてきたのは賢者《けんじゃ》ノエル。俺が以前所属していた勇者パーティーのメンバーであり、今はアークに移り住んで田舎《いなか》暮らしを楽しんでいる女性冒険者《ぼうけんしゃ》だ。

「ん？　まだ休む時間じゃないぞ？　休憩《きゅうけい》時間までに、もう少し作業を進めておかないと……」

俺が答えると、ノエルが近づいてきて、

「《聖なる祈り《ライト・ヒーリング》》」

静謐《せいひつ》な声で魔法《まほう》を唱えた。

「この魔法は……」

――回復魔法だ。

賢者が得意とする魔法で、扱《あつか》える者が少ない光属性魔法。対象の体力を回復させるだけでなく、小さな怪我《けが》や敵から受けたダメージを癒《いや》す効果もある。

勇者パーティー時代、ノエルがメンバーに使用していた魔法だ。

俺は一度も掛けられたことがなかったが……。

「どうでしょう？　これで少しは体力が回復できていれば良いのですが……」

ぎこちない様子でノエルが訊ねてくる。

「凄《すご》いな、ノエルの回復魔法は！　身体が作業する前の状態に戻《もど》っている感じがするよ！　ありがとう！」

ノエルの回復魔法は効果抜群《ばつぐん》で、作業開始前より元気になった実感すらある。

「それは……良かったです。……以前のパーティーでは、私の歪《ゆが》んだ価値観によりウィッシュに嫌《いや》な思いをさせてしまいましたから……」

複雑な表情を浮かべ、視線を地面に落とすノエル。

ノエルはアークでの生活を楽しんでいるようだが、俺への罪悪感は未《いま》だに消えていないようで、「罪や罰《ばつ》」、「償《つぐな》い」といった言葉をよく口にしている。

「昔のことは気にすんな。今、俺は嫌な思いは全然していない。だから、ノエルが気にすることなんて何もないんだ。大事なのは今、それに、これから先の未来だろ？」

これは俺自身への言葉でもあった。

「……はい」

ノエルは俺の言葉を噛《か》みしめるように、ゆっくりと頷いた。

過去のイザコザを忘れてしまうことなど簡単にはできない。でも、しがらみに囚《とら》われて、未来に繋がる行動を自分で制限してしまうのは勿体《もったい》ないし、ノエルにもしてほしくない。

「ほら、見てみろよ、あのパルの姿」

俺は、アークの住人たちと一緒《いっしょ》に整地作業をしている魔法使《まほうつか》いパルを指差した。

ノエルと同じく俺の元パーティーメンバーであり、今ではアークの一員となった魔法使いパル。彼女《かのじょ》も整地作業に参加しており――

「……ここの土はアタシに任せて。土魔法で一気に平らにしちゃう。それで、あそこに残った木々は風魔法《かぜまほう》で伐採する」

テキパキと村人たちに指示を出していた。

整地作業はチームで分担しておこなっているのだが、パルはチームのリーダー的な役割を担《にな》っており、みんなの中心となって主体的に動いていた。

「パル……なんだか変わりましたね」

パーティーを組んでいた頃《ころ》のパルは常に無表情で、他人とは距離《きより》を置いているような少女だった。

しかし、今のパルは積極的に村人たちと関わり、ともに汗《あせ》を流している。

遠くから見ても分かるくらい充実《じゅうじつ》した表情をしているパル。時折、笑顔《えがお》もみせており、勇者パーティーに居た頃では考えられないような光景だ。

「パルは、ここに居る理由を自分なりに見つけたんだろうな」

「…………」

パルを静かに見つめるノエル。

「ノエルだって見つけられるはずだ。いや……もしかしたら、もうノエル自身は気づいているのかもしれない。ただ、ノエルは真面目だから、変に考え過ぎちゃってるだけなんじゃないかな。アークは厳しい規律や思想信念がなく、みんなが自由に暮らしている場所だからさ。ノエルも自分のやりたいように、自由に生きていいんだぜ」

俺はノエルに明るく言った。

ノエルは賢者という権威《けんい》ある職業《クラス》だからこそ、様々な制約に縛《しば》られているところがある。神の導きとか、教会の教えとか……それらを否定するつもりはないが、伸《の》び伸びと生きるノエルを俺は見てみたい。

「ウィッシュ…………ありがとうございます。少しだけ心が楽になりました。私がウィッシュを癒すつもりだったのですが、逆に私がウィッシュに励《はげ》まされてしまいましたね」

そう言って、ノエルは優《やさ》しく微笑《ほほえ》んだ。

ノエルの温かい笑み――その穏《おだ》やかな表情に包まれ、俺は幸せな気持ちになった。

賢者というよりも教会の司祭様《プリースト》のような包容力をノエルに感じる。

「ノエルの回復魔法のおかげで、体力も体調も万全《ばんぜん》になったよ。これからは、俺もノエルにどんどん頼《たよ》っていくつもりだから！　よろしくな！」

「はい！　私も仲間としてウィッシュをサポートしていきますので、遠慮《えんりょ》せずに頼ってください！」

ノエルは元気よく応えてくれた。

あの頃のパーティーとは違《ちが》う。俺とノエル、そしてパル……仲間として、真の絆《きずな》が生まれていた。

腹を割って話し合えば相手を理解できるし、尊重もできるようになる。ノエルとの交流で、俺はそんなことを考えていた。

きっと、勇者レヴァンや聖騎士ガリウスにも彼《かれ》らの想《おも》いがあったはず。

俺はアークのリーダーになってから、先頭に立って仲間を導くことの大変さを知った。

勇者パーティー時代の俺は、商人としてメンバーに貢献《こうけん》していくことだけを考えていた。

もしかしたら、無自覚的に、勇者レヴァンにリーダーとしての重責を全て押《お》し付けていたのかもしれない。

今だったら、俺も少しはリーダーの……レヴァンの気持ちが分かるような気がする。

どこかでレヴァンやガリウスに会うことがあったら、今度は昔とは違う自分で彼らと向き合える。俺は、その時のことを楽しみに待ちながら整地作業に戻った。

◇◆◇◆◇◆◇◆◇◆◇◆

ウィッシュたちが順調に整地作業を進めている頃――

レピシアの最南端の孤島《ことう》にある魔王城では、新魔王ゼフィレムによって魔王軍の再編制がおこなわれており、大広間に集められた新幹部の中にはルゥミィの姿もあった。

ウィッシュとの交流後、『人間と魔族の融和』という目標を達成させるために、魔王軍を内部から変革していこうとしていたルゥミィ。

……まさか、アタシが幹部に留任するなんて。

ルゥミィは心の中で、幹部に留任したことを驚いていた。

実力主義の魔族にとっては強さこそが絶対的な指標であり、魔王軍での序列も全て強さによって決定されるのだ。

思想や信念、年齢《ねんれい》、性別などは関係ない。強ければ、それだけで幹部になれるし、魔王にだってなれる。

しかし、幹部に留任したルゥミィは、以前、魔竜フォルニス調査の任務に失敗したことがあるのだ。魔王軍内では、指令を出していた当時の指揮官であるドワイネルの落ち度ということで処理されていたのだが……。ルゥミィ自身は腑《ふ》に落ちていなかった。

そんなルゥミィの困惑《こんわく》など意に介《かい》さず、新魔王ゼフィレムが幹部たちに向けて口を開く。

「この場に集まった新たな幹部たちに、余から直々に指令を与《あた》える――」

新魔王ゼフィレム。

近代魔族の中で、リリウムと双璧《そうへき》を成す戦闘力《せんとうりょく》と言われてきた男魔族であり、その強大なチカラは魔界《ヘラ》でも恐れられていた。

漆黒《しっこく》の髪《かみ》と真紅《しんく》の瞳《ひとみ》が印象的な魔王ゼフィレム。

ルゥミィは魔王ゼフィレムの底知れない真紅の瞳を見た直後から、自身の魔王軍内の立場を危惧《きぐ》していたのだった。

その魔王ゼフィレムの口から出た指令は――

「人間は一匹《ぴき》残らず、全て消し去れ」

ルゥミィが一番恐れていたものだった。

「余の指揮する新生魔王軍に弱者は要《い》らない。必要なのは人間を蹂躙《じゅうりん》できる強き者だけだ。

レピシアに存在する国や街、取るに足らない集落に至るまで、その全てを滅《ほろ》ぼすのだ」

魔王ゼフィレムの宣言後、大広間に集《つど》った幹部たちから歓声《かんせい》が上がる。

人間との全面対決を推《お》し進《すす》める新魔王ゼフィレムの存在は、ルゥミィの前に壁《かべ》となって立ちはだかっていた。

……果たして、この最凶の魔王に勘《かん》づかれることなく、融和計画を内部で進めることはできるのだろうか？

魔王に裏切り者と認定《にんてい》された時点で自分は殺される――ルゥミィは絶望の淵《ふち》に立たされながら、ゼフィレムの言葉に耳を傾《かたむ》けていた。

魔王ゼフィレムはルゥミィへ突《つ》き刺《さ》すような視線を一瞬《いっしゅん》向けた後、静かに告げる。

「我《わ》が新生魔王軍の最初の侵攻《しんこう》指揮官は、幹部ルゥミィ。侵攻先は――」

ゼフィレムが告げた直後、再び大広間に歓声が広がった。

その一方で……。

ゼフィレムの真紅の瞳の色とは対照的に、ルゥミィの顔色は真っ青になっていた。

◇◆◇◆◇◆◇◆◇◆◇◆

追憶の樹海《フォルニウム》の路網整備の工程は予定よりも早く進んでいた。

魔法使いパルの多種多様な魔法により、切り株や倒木《とうぼく》、岩などが綺麗《きれい》に片付けられ、整地作業が早く終わったのだ。それに加え、賢者ノエルの献身的《けんしんてき》な回復魔法によって、アークの住人たちの作業効率も大幅に高まったのである。

フォルニスのおかげで作業範囲内《はんいない》に魔物《まもの》が近寄ってこなかったことも大きい。

「でもさ？　私たちが樹海を整備して道を作った後、実際そこを通る人たちは魔物に襲《おそ》われないかしらね？　その点はどうするのよ？」

アークの家で今後の計画について話し合っている最中、リリウムが俺に訊ねてきた。

「それについては問題ない。ミルフィナが完成した道に結界を張ってくれるから」

「ああ……なるほど！　最初に樹海全体に張られていたやつね？　今はフォルニスを自由にするために解いてあるんだっけ？」

「うんっ。お父様が作った結界だけど、ワタシも使えるからね！　結界さえ張っちゃえば、人間さんたちが通る道に魔物は出てこなくなるから安心だよ！　フォルニスも竜状態では道路部分を通れなくなるけど……」

複雑そうな表情を浮かべて言うミルフィナ。

そんなミルフィナに……、

「そんな小《ち》っちぇこと気にすんな！　広い森の中のほんの一部だろ。オレ様には何の問題もねぇよ」

フォルニス本人が答えた。

ここアークの俺たちの家の中に魔竜フォルニスが普通に居座《いすわ》っている。その事実に未だ慣れなかったが、ミルフィナに答えたのは本物の魔竜フォルニスである。

ミルフィナの女神パワーによって人型化できるようになったフォルニスは、たまに俺たちの家に遊びに来るようになっていた。

「まぁ、人型化できるようになった以上、樹海内で生活することに拘《こだわ》らなくてもいいしな」

「フォルニスさん、これを機に私たちと一緒に暮らすというのはどうでしょうか？　アークでの生活も楽しいですよ？」

ノアが俺の言葉に続けて言った。

フォルニスとも一緒に生活したい――ノアの表情からは、そんな感情を読み取ることができる。以前から、ノアは離《はな》れた樹海で暮らすフォルニスのことを気に掛けていたのだ。

「その気持ちは嬉《うれ》しいけどよ。なんだかんだで、オレ様は樹海が気に入ってんだ。ここも良いところだとは思うが、なんか人型になっても狭苦《せまくる》しいって感じちまうんだ」

「……そうですか……フォルニスさんがそう仰《おっしゃ》るなら無理強《むりじ》いはできないですね」

明るく答えたノアだったが、残念がっている心の内は俺にも伝わってきた。

もし、アークが今よりも大きな場所になったら？

フォルニスが狭《せま》いと感じない、大きな街に発展したら？

俺はノアとフォルニスのやり取りを聞いて、そんなことを考えていた。

◇◆◇◆◇◆◇◆◇◆◇◆

追憶の樹海《フォルニウム》の路網整備のためアークを出ようとした、ある朝のこと。

俺、ノア、リリウム、ミルフィナのもとへ、一人の少女が飛び込《こ》んできた。

真っ赤なストレートヘアに、長く尖《とが》った耳。そして、頭から生えた鋭《するど》い二本の角が特徴《とくちょう》的《てき》な少女。どこから見ても魔族だと分かる少女は、俺たちのよく知る相手であり、大切な仲間でもある。

「あれ!?　ルゥミイ？　ルゥミィがアークに来てくれたよぉ！」

魔族の少女を見るや、ミルフィナが嬉しそうに声を上げた。

俺たちが商人の街ルーヴィッチに行った際、ひょんなことから共に行動することになり、その後、心を交《か》わし、想いを通じ合わせた魔族の少女ルゥミィ――

可愛《かわい》らしい見た目とは裏腹に、戦闘《せんとう》能力は高く、魔王軍では幹部の座に就いている。

最初に会った時、ルゥミィの高飛車な態度に俺は少々困らされた。だが、ルゥミィの人間に対する考え方が軟化《なんか》していったことから、徐々に俺たちとの関係性も変化していき、今では『人間と魔族の融和』という共通の目標を抱《いだ》く間柄《あいだがら》になったのだ。


ルーヴィッチで出会った時、ミルフィナはルゥミィと一緒に遊べず、あまり交流することができなかった。ミルフィナはそのことを残念がっていたので、ルゥミィの突然《とつぜん》のアーク来訪を喜んでいるのだろう。

しかし、そんなミルフィナとは対照的に――

「ハァ……ハァ……」

ルゥミィは息を乱しており、苦しそうにしていた。その必死な表情からは、とても遊びに来たようにはみえない。

いつもは小生意気な態度で俺たちに接してくるルゥミィ。攻撃的《こうげきてき》な性格と時折見せる優しい性格――ルゥミィの二面的な性格は、ノアに『ツンデレ』属性と呼ばれていたのだが……今のルゥミィからは弱々しいオーラしか感じられなかった。

「どうしたんだ⁉　なにかあったのか⁉」

『人間と魔族の融和』実現に向けて、ルゥミィは魔王軍を内部から変えていくという計画を立てたのだ。そのルゥミィが息を切らして俺たちの前に現れたというのは只事《ただごと》ではない。

「……ハァ……ハァ………ウィ、ウィッシュ！　大変なことに……なっちゃった……‼」

息を整えながら、なんとか声を絞《しぼ》り出すルゥミィ。

「ルゥミィ……あんたが、そんな必死な姿で私たちのもとへ来るなんて……いったい、何が……⁉」

普段《ふだん》、ルゥミィとは軽口を言い合う仲のリリウムも、平常時とは異なる深刻な表情の彼女を心配しているようだ。

俺たちはルゥミィの呼吸が落ち着くのを待ち、静かに耳を傾ける。

そして、ルゥミィが一呼吸入れてから口を開く。

「新生魔王軍が街に侵攻してくる‼　急いで助けに向かってほしいの‼」

ルゥミィの衝撃的《しょうげきてき》な発言に俺は一瞬思考が止まってしまったが、すぐに冷静になって訊《き》き返す。

「街って、どこの街だ!?」

「――アストリオン」

ルゥミィは一拍《ぱく》置いてから答えた。

「アストリオン!? まさか、またあそこに魔王軍が攻《せ》めてくるなんて……ッ」

城塞《じょうさい》国家であるリングダラム王国の首都アストリオン。俺が勇者パーティーに所属していた頃、活動の拠点《きょてん》にしていた大都市であり、冒険者の集う街である。リリウムが魔王軍の幹部だった時に、指揮官として侵攻してきた街でもある。

「待って。その前に、新生魔王軍って何よ!?」

その元幹部のリリウムが驚いた様子でルゥミィに訊ねた。

「リリウムセンパイ……実は……新たな魔王が誕生してしまったんです……それで、その新魔王主導のもと軍が再編制されて――」

「新魔王!? 誰《だれ》よ!? 名前は!?」

ルゥミィの言葉を遮《さえぎ》って、大きな声で問いかけるリリウム。

「名は……ゼフィレム。リリウムセンパイも名前を聞いたことがあると思いますが……」

「ゼフィレム!? あの最強の『闇《やみ》』使い!?」

新魔王の名を耳にした途端《とたん》、リリウムは明らかな戸惑《とまど》いの表情をみせる。

「リリウムさん、お知り合いの方なのですか？」

「ううん、直接は知らない…………けど、私が子供の頃、まだ魔界《ヘラ》の中央都市に住んでいた時、ゼフィレムの噂《うわさ》はよく聞いたわ。なんか田舎から凄いヤツが来たって……」

「そいつがゼフィレムか……。リリウムよりも強いのか？」

「そ、それはないわ！　当時、私はまだ子供だったし、い、今なら私のほうが強いに決まってるわ！　うんうん！　間違《まちが》いない！」

リリウムの反応から、おそらく新魔王ゼフィレムはリリウムと同等、もしくはリリウム以上に強い魔族であることが予想される。もちろん、温暖化の影響《えいきょう》を受けていない最強状態のリリウムと比べて、だ。

新たな脅威《きょうい》の誕生に緊張《きんちょう》が走る中――

「みんな！　今は魔王のことよりも、攻めてくる魔王軍を何とかしないとだよ！」

いつもは陽気なミルフィナが必死な顔つきで訴《うった》えた。

「あ……ああ、そうだな、ミルフィナの言う通りだ!!　ルゥミィ、侵攻してくる魔王軍の情報を教えてくれないか!?　指揮官とか、侵攻日とか、作戦規模とか……もちろん、知っている限りの情報でいい！」

「……それなら……全部話せる。アタシは侵攻してくる魔王軍の情報を全て知ってるから……」

「なんで一幹部のルゥミィが侵攻作戦の全容を知ってるのよ？」

「……それは…………アタシが……今回のアストリオン侵攻の指揮官だからです……」

ルゥミィが告げた直後。

この場に居る全員に衝撃が走った。

ルゥミィが侵攻の指揮官…………あの時のリリウムと全く同じ……。

背中に嫌な汗が流れてくる。

「ルゥミィさんがアストリオン侵攻の指揮を……。いえ、もちろんルゥミィさんが本気で侵攻するわけありませんが……それでも、複雑な心境になってしまいます……」

ノアが心配そうな瞳でルゥミィを見つめる。

「たまたまルゥミィが選ばれたってだけよ。侵攻の際は、幹部の誰かが指揮官をやることになるんだから。むしろルゥミィが指揮官なら、そんなに慌《あわ》てる必要ないんじゃない？テキトーに手を抜《ぬ》いて攻めてから、魔王城に引き返せばいいじゃないのよ？」

「それは……できません……」

「なんでよ？　あんた、まさか新魔王のゼフィレムにビビッて、魔王軍側に付くわけじゃないでしょうね？　この間のルーヴィッチの一件で、あんたのこと少し見直したのに……」

ルーヴィッチでの一件――それは、ルゥミィが街に攻め込んできた魔王軍の攻撃《こうげき》から、人間の少女を身を挺《てい》して守った出来事のことだ。

それまでは対立していた俺たちとルゥミィだったが、このルーヴィッチでの一件により信頼《しんらい》し合える仲間になったのだ。新魔王がどんな相手なのかは分からないが、ルゥミィと俺たちとの絆が簡単に切れるはずがない。

俺はルゥミィを信じながら、彼女の答えを待った。

「安心してください、アタシは魔王軍側には付きません。ただ……今回の侵攻で投入される下級魔族《レッサーデーモン》なんですが……新魔王ゼフィレムが直接魔界《ヘラ》から召喚《しょうかん》した特別製なんです」

「魔王が直接!?　……ってことは、ルゥミィの命令が全く通じないってわけね……」

事態の深刻さを察知したリリウムは表情を強張《こわば》らせる。

下級魔族《レッサーデーモン》と呼ばれる、魔王軍幹部が使用する魔造兵器。知能がなく、生命体でもないソレは、人間にとって脅威の兵器である。

ルゥミィが制御《せいぎょ》できないとなると、ただただ人間を襲う怪物《かいぶつ》と化すのだ。

「しかも、魔王の強大なチカラを受け、より戦闘能力が高まった状態でレピシアに召喚されています。あいつらがアストリオンに侵攻したら、指揮官のアタシでもどうすることもできません……ッ!!」

悔《くや》しそうに歯を食いしばるルゥミィ。

「侵攻日は、いつなんだ⁉　ルゥミィが俺たちのもとに来たってことは、まだ時間はあるんだよな⁉」

「侵攻日は…………明日《あした》です」

「明日⁉　もう時間が無いじゃないか⁉」

「ごめん！　アタシも早くウィッシュたちに知らせたかったんだけど、魔王の目を盗《ぬす》んで城を抜け出すのが難しくて……」

「そ、そうか……ルゥミィも大変な状況《じょうきょう》だったんだな……」

激しく息を乱してアークに来たルゥミィ。ルゥミィは、限界のタイミングで俺たちに報告しに来てくれたのだ。

不穏《ふおん》な動きを見せれば、裏切り者として魔王に処刑《しょけい》されてしまう恐れがある。この命懸《いのちが》けのルゥミィの行動に俺たちは応えなければならない。

「ウィッシュさん、行きましょう！　アストリオンに！」

俺よりも早く、ノアが真っ先に言った。

「ああ！　俺たちで新生魔王軍を止めよう！」

「魔王直轄《まおうちょっかつ》の部下が来ようとも、指揮官がルゥミィなんだから何とかなるわよ！　逆に、ルゥミィは私たちの強力な攻撃を受けて怪我しないように隠《かく》れていたほうがいいわね！」

腕組《うでぐ》みをしながら得意気に言うリリウム。

対するルゥミィは「リリウムセンパイは戦力にならないでしょ……」と言わんばかりの顔をしていたが、黙《だま》って俺たちの言葉に頷いた。

「フォルニスに乗って行けば、すぐにアストリオンに着くからねっ！　ウィッシュ兄《にい》、さっそく追憶の樹海《フォルニウム》に向かおっ！」

ミルフィナの掛け声を合図に、俺たちは追憶の樹海《フォルニウム》へと急いだ。

本来の目的だった路網整備ではなく、樹海の主《フォルニス》の背に乗るために――

◇◆◇◆◇◆◇◆◇◆◇◆

魔王軍侵攻《まおうぐんしんこう》の知らせを受けてから半日後。

俺たちはルゥミィと一旦《いったん》別れ、アストリオンへ一足早く到着《とうちゃく》していた。

アストリオンへ来たメンバーは、俺、ノア、リリウム、ミルフィナ、フォルニス、そして賢者ノエル。魔法使いパルは、万が一のことを考え、アークの守護をしてもらっている。

俺たちの留守中にアークが襲われた場合でも、パルが居れば問題なく対処できるだろう。

ノエルとパルのアーク移住は、こういう有事の際に於《お》いても大きな力となっていた。

俺たちは集中してアストリオン侵攻に備えることができる。

「本当に魔王軍がこの街に攻めてくんのかぁ？　全然その気配が無いぜ？」

アストリオンの街中を歩きながら、人型化したフォルニスが言う。

街の大通りには多くの冒険者が闊歩《かっぽ》しており、以前と変わらず殺気立った雰囲気《ふんいき》はあるものの、魔王軍との戦争を控《ひか》えているという緊迫《きんぱく》感は一切《いっさい》ない。

「おいフォルニス、そんなデカい声で話すな。住民に聞こえたら騒《さわ》ぎになる」

「フォルニスぅ～？　さっきも説明したけど、魔王軍が攻めてくるのは半日後だからね？　それまで、ワタシたちは内緒《ないしょ》で準備しておくんだよっ」

「フーン。相変わらずメンドクセーんだな、人間ってのは」

そう言って、フォルニスは興味なさそうに大きな欠伸《あくび》をした。

フォルニスを竜状態で街の外に待機させておいて、魔王軍が攻めてきたら一気に咆哮《ほうこう》で吹《ふ》き飛ばしてもらうという方法も考えたのだが……。この方法だと、魔王軍以上に魔竜フォルニスの脅威が住民に伝わってしまい、大混乱になる恐れがある。よって、フォルニスには人型のまま大人しくしていてもらうことにした。最悪の事態になりそうだったら竜化《りゅうか》して、そのチカラを存分に発揮してもらうことになるだろうが……。

考えながら、俺《おれ》は最悪の事態にならないことを願った。

フォルニスとの会話中――

「…………」

ノアは、一人だけ別の方向を静かに見つめていた。

「どうした、ノア？」

「あっ、いえ！　ごめんなさい、なんでもないですっ」

慌てた様子で、両手をブンブン振《ふ》り回すノア。

明らかに、何か気になることがある時の反応だ。

俺はノアが見つめていた方向に目をやる。

――なるほど。

俺は、すぐにノアの思っていることに行き当たった。

「無事に魔王軍との戦いを終えたら、また寄っていくか？」

「……え？」

「前にアストリオンに来た時に寄った雑貨店のことを考えていたんだろ？」

「……っ!?　よ、よく……分かりましたね……ウィッシュさんには隠し事《ごと》はできそうにないですね……」

ノアの顔が徐々に赤らんでいく。

まぁ、正確に言えば雑貨店じゃなくて、雑貨店で購入《こうにゅう》したリングのことだろうが。

……色々あって壊《こわ》れてしまった俺とノアのペアリング。もう一度買って、ノアに喜んでもらいたい。

——俺も、ノアと同じことを考えていたのだ。

しかし、それは魔王軍を退けた後の話。

今は目の前に訪れる危機を払《はら》うことが最優先だ。

「なによー、二人とも！　秘密の話をして、二人だけで盛り上がってる？」

リリウムにツッコまれてしまう俺とノア。

「い、いえっ、そ、そんなことは……ないですよっ！」

「もう！　ノアお姉ちゃんもウィッシュ兄も、もっと緊張感を持ってよね！」

「ん……うん」

あろうことか、ミルフィナにも注意されてしまった。

俺とノアは二人して顔を見合わせ、少し頬《ほお》が緩《ゆる》んでしまう。その姿を見たリリウムとミルフィナに、またしてもツッコまれた俺とノアだった。

半日後の魔王軍侵攻に備える俺たちパーティーは、通りの片隅《かたすみ》で作戦会議をおこなうことに。

「ルゥミィからの情報だと、新生魔王軍は部隊を二手に分けて、北と南の二方向から侵攻してくるらしい。アストリオンの北門と南門を同時に攻めて、人間側の戦力を分断するのが狙《ねら》いだろう」

「なるほど……。二方向から同時に魔王軍が攻めてきたとなると、住民の皆《みな》さんもパニックになるでしょうし、冒険者の方々も初動の動きが鈍《にぶ》ってしまうかもしれません」

「ノアの言う通りだ。だから、あらかじめ俺たちパーティーが、北門と南門の2ヶ所で待ち構えておく」

本来であれば、事前に魔王軍侵攻をアストリオンの人々に周知して、全員で侵攻に備えるのが最善の作戦だろう。

しかし、無名冒険者の言うことなんか誰も耳を傾けてくれないのだ。以前のルーヴィッチ侵攻の際、必死に避難誘導《ひなんゆうどう》しようとした俺たちを信じた住民は一人も居なかった。

俺たちだけで新生魔王軍の初動攻撃を防ぐ必要があるのだ。

「メンバー分けはどうするの？　まぁ、この最強リリウム様は一人でも余裕《よゆう》だけど？」

リリウムは胸に手を当てて言った。

フフンッと得意気に鼻を鳴らしているのが心強くもあるのだが……さすがに『石投げ』しかできない今のリリウムに、一人で防衛を任せるわけにはいかない。

「リリウムは、ノアとフォルニス、ノエルと一緒に南門の防衛を頼《たの》む。ルゥミィの話だと、本隊は北から攻めてくるらしいから、北門は俺が守る。ミルフィナ、俺と一緒に来てくれるか？」

「うんっ！　もちろんだよ！　ワタシは、いつもウィッシュ兄と一緒だからね！」

ミルフィナは満面の笑《え》みで応えてくれた。

「あ、あのっ、私も北門の防衛に参加したほうが良いのではないでしょうか？　本隊相手に二人だけでは……その……万が一のこともありますし……ミルちゃんも心配ですし……」

ノアが不安そうな表情を浮《う》かべて訊《たず》ねてくる。

「俺たちのことなら大丈夫だ。ノアは南門の防衛に集中してもらいたい。南門はフォルニスが付いているとはいえ、フォルニスはあくまでも最終手段だからな」

「はい……」

短く答えるノア。その表情は少しだけ曇《くも》っているようにみえた。

「私も精一杯《せいいっぱい》フォローしますので。ノアさん、力を合わせて頑張《がんば》りましょう！」

賢者ノエルがノアに優しく語りかける。

「……はいっ」

賢者《けんじゃ》ノエルの言葉によって、ノアの表情に明るさが蘇《よみがえ》る。

「冒険者たちが駆《か》けつけるまでの時間稼《かせ》ぎは、ノアとリリウム、ノエルの三人でしてもらう必要がある。もしかしたら、北門以上に激戦になるかもしれない。ノア……やってくれるか？」

俺は念を押すようにノアに問いかけた。

「はい！」

ノアは、今度は力強く答えてくれた。

転生者として覚醒《かくせい》したノアの力――《導きの光《ロード・ヒール》》。

どんな傷も回復させてしまうという驚異《きょうい》の能力。その力さえあれば、いくら敵が魔王直属の部隊だとしても耐《た》えることができるだろう。

それに、賢者ノエルの回復魔法《まほう》もある。

ノエルは魔王軍や魔物との戦闘に慣れた歴戦の冒険者《ぼうけんしゃ》だ。ノアやリリウムをサポートしてくれるはずだ。

これで作戦の打ち合わせは終了《しゅうりょう》。あとは各々《おのおの》配置につくだけ。

短時間で上手《うま》くまとまったな、と俺が安堵《あんど》していたところに、

「……鈍いわねぇ、ウィッシュ。ノアの本心を汲《く》み取ってあげなさいよね、もうっ。ノアはウィッシュと一緒に――」

リリウムがボソッと呟《つぶや》く。……と、

「あっ、リリウムさん！　ダ、ダメですよ！　ウィッシュさん、あ、あの、なんでもないですからね⁉　ほ、ほんとうに！」

またしても何かありそうな様子で、ノアがリリウムの言葉を遮るように声を上げた。

……本当に上手くまとまったのだろうか……この作戦。

俺は一抹《いちまつ》の不安を残しつつ、ミルフィナと共に北門へと向かった。

ノア、リリウム、フォルニスと別れ、ミルフィナと二人で北門へ走っている途中《とちゅう》――

「おおぉ⁉　おいおい！　ウィッシュ！　ウィッシュじゃねぇか！」

突然、男に声を掛《か》けられた。

「ガリウス⁉　お前、ガリウスか⁉」

声の主の方向へ振り向くと、俺が以前所属していた勇者パーティーのメンバー、聖騎士ガリウスの姿がそこにあった。

……というか、本当にガリウスなのだろうか？

突如《とつじょ》、目の前に現れた男の姿に、俺は驚《おどろ》いていた。

「ああ！　オレだ、オレだ！　ちょっと見た目は変わっちまったかもしれねぇがな！　ガッハッハッハッハ！」

この懐《なつ》かしい豪快《ごうかい》な笑い声はガリウスに違いない。

俺が昔の仲間を瞬時《しゅんじ》に判別できなかった理由――それは、彼の装備と、みすぼらしい外見のせいだった。

以前の聖騎士ガリウスは、銀色の甲冑《かっちゅう》を身に纏《まと》い、大きな盾《たて》と剣《けん》を装備し、遠くからでも分かるくらいの輝《かがや》きを放っていた。

しかし、今のガリウスは薄汚《うすよご》れた布の服を着ているだけで、派手な装備品類は一切身に着けておらず、聖騎士の代名詞ともいえる大盾も見当たらなかった。腰《こし》に一振《ひとふ》りの直剣《ちょっけん》をぶら下げているだけだ。とても歴戦の冒険者にはみえないし、元勇者パーティーに所属していたメンバーとも思えない姿である。

「この男の人、ウィッシュ兄のお友達？」

ミルフィナが不思議そうに訊ねてくる。

子供心に、ガリウスの風貌《ふうぼう》に対して警戒心《けいかいしん》を抱いているようだ。

「ああ、昔のパーティーメンバーだ。聖騎士ガリウス、パーティーの頼りになるタンク役でメンバーの兄貴分のような存在だった男だ」

「へぇ～」

俺の言葉を聞いて、ミルフィナは少しだけ警戒感を和《やわ》らげた。

「それにしても、まさかウィッシュがアストリオンに戻《もど》ってきていたとはなぁ！　前に、なんかスッゲェ田舎《いなか》の村で会った覚えがあるんだが」

高慢《こうまん》な役人がアークの冷蔵庫を確認《かくにん》しに来た際、護衛として連れていたのが勇者レヴァンと聖騎士ガリウスだった。あの時は、まだガリウスも『聖騎士』の見た目をしていたのだが。

「アストリオンに戻ってきたわけじゃない。今は緊急《きんきゆう》事態で、急遽《きゆうきよ》ここに来たんだ」

「緊急事態？　なんだそりゃ？　相変わらず、ケチ臭《くさ》い商品の仕入れでもしてんのか？」

ガリウスはこういう、こういう奴《やつ》だ。

戦闘に向かない職業《クラス》を自分より下に見ており、無意味な存在として扱《あつか》っている。

俺が勇者パーティーを追放された際も、ガリウスは「商人は要らない」と言って勇者レヴァンの意見に賛同したのだ。

「商人の仕事で来たんじゃない。俺はアストリオンを守るために来たんだ」

「はぁああ!?　商人のウィッシュが!?　アストリオンを守る!?」

目を丸くさせて、素《す》っ頓狂《とんきょう》な声を上げるガリウス。

「ああ」

俺は、そんなガリウスの態度を意に介さず、短く頷《うなず》いた。

「ねぇねぇ、ウィッシュ兄、この人にも街の防衛を手伝ってもらおうよ。ウィッシュ兄の昔の仲間なら強いんでしょ？」

ミルフィナが無邪気《むじゃき》な口調で言う。

「そうだな…………うん、今は頼れる仲間が一人でも多く欲《ほ》しいところだからな。ガリウス……ちょっと話を聞いてほしいんだが――」

そして、俺はガリウスに、新生魔王軍がアストリオンに侵攻してくるという情報を伝え、街の防衛をお願いしたのだが……、

「は？　新生魔王軍がアストリオンに侵攻してくる？　そんで、それをウィッシュが迎《むか》え撃《う》とうとしてるだって⁉　ップ！　グァッハッハッハ‼　そんな話、誰が信じるかよッ！」

ガリウスは馬鹿にするように大笑いしたのだった。

そんなガリウスの態度をみて、ミルフィナは頬をぷくぅと膨《ふく》らませる。

「あぁー！　ぜんぜん信じてない！」

「だってよー、ウィッシュがそんな大層なことできるわけねぇし！　商人のウィッシュが

魔王軍を迎撃《げいげき》するってのは無理な話だ！寝《ね》ぼけてねぇで、商人は商人らしく、ケチぃ商売してりゃいいんだ。弱《よえ》ぇんだからよぉ！」

ガリウスもルーヴィッチ侵攻の時の住民と同じ――

いきなり「魔王軍が攻めてくるぞ」と言っても、簡単には信じてくれない。

「むぅ～、ウィッシュ兄をバカにしてぇ～！」

ミルフィナがガリウスに不満をぶつける。

「落ち着け、ミルフィナ」

「でもぉ……むむむぅ」

気持ちが収まらないといった様子で、腰に両手を当ててガリウスを見やるミルフィナ。

「まっ、なんでもいいけどよ。そんなことより、ウィッシュよぉー、ちょっと金貸してくんね？　勇者パーティーが解散になってから、手持ちの金が無くなっちまってよぉ……仕方なく装備品を売っ払ったんだが、生活費の足しにもならねぇんだわ！」

一方のガリウスはミルフィナの態度を気にすることなく、俺に金の無心をしてきた。

周りの空気を一切気にしないところは変わっていないようだ。

それにしても、まさか生活費のために自慢《じまん》の装備品を売却《ばいきゃく》していたとは……。

お金にルーズなところも変わっていないようだ。

「悪いな、ガリウス。生憎《あいにく》、俺も手持ち資金は無いんだ」

お金なら持っているが、これはノアに指輪を買ってあげるためのものだ。昔の仲間を甘《あま》やかすためのものじゃない。ここはガリウスのためにも厳しく接するべきだろう。

「マジかよ……商人のくせに金を持ち歩いてないとか、相変わらずウィッシュは使えねぇな………ったく！」

悪態を吐《つ》くガリウス。

「金が必要なら、これから手に入るかもしれないぞ？」

「マジか⁉　どうやって⁉」

「攻めて来る魔王軍を撃退《げきたい》するんだ。そうすれば、ギルドや国から多大な報酬《ほうしゅう》を受け取ることができる」

「……チッ……訊いたオレが馬鹿だった。時間を無駄《むだ》にしたぜ」

ガリウスは吐《は》き捨てるように言い、その場を離れていった。

「ガリウス！　街中に警鐘《けいしょう》が鳴ったら、すぐに南門へ行くことを勧《すす》めるぜ！　報酬を他の冒険者に取られたくなかったらな！」

俺は去り行くガリウスへ向け、大きな声を飛ばす。

ガリウスからの答えは無かったが、俺は心の中で昔の仲間に対して大きな期待を膨らませていた。

「まったくぅ！　時間を無駄にしたのはワタシたちのほうだよっ」

「……いや、そうでもない」

「？」

俺の言葉に、首を傾けるミルフィナ。

――ガリウスの性格は、よく知っている。

きっと、彼《かれ》は魔王軍と戦ってくれるはずだ。

「よし！　それじゃあ、俺たちは予定通り北門へ向かうぞ！」

思いがけない再会に力が湧《わ》き、俺は新生魔王軍との戦闘に向けて気持ちを昂《たかぶ》らせた。

アストリオン北門。

俺とミルフィナが到着した時、門の付近には衛兵以外の戦闘員《せんとういん》は誰も居なかった。

アストリオンに出入りする一般《いっぱん》の人々の姿だけが目に入ってくる。

いつもの日常の光景だ。

しかし、この日常は数刻後には破壊《はかい》されてしまう。

――そうさせないために、俺はここにやってきたんだ。

街のみんなのためにも、ルゥミィのためにも……。

「俺が魔王軍を食い止める……ッ!!」

無意識に声を発していた。

「ウィッシュ兄っ、ワタシも付いてるから一緒《いっしょ》に頑張ろうね！」

「ああ！」

俺はミルフィナと気持ちを一つにする。

そして、北門を通り抜け、アストリオンの外へと出た。

俺の役目は、あくまでも時間稼ぎ。北から攻めて来るという魔王軍の本隊を、北門に近づけさせないよう食い止めるんだ。魔王軍の存在を確認した衛兵が、街の冒険者や国の兵士を呼ぶまでの間、なんとか持ち堪《こた》えてみせる！

俺は愛用の伐採《ばっさい》用ナイフを手に、アストリオン外の平原で魔王軍本隊を待ち構えた。


——数刻後。

「そろそろルゥミィの言っていた時刻になるね」

ミルフィナが緊張感のある声で呟く。

ナイフを持つ手に力が入り、俺の額から汗《あせ》が流れ落ちた、その瞬間《しゅんかん》。

「グギュルルルウウウウウウウ!!」

「グギャアアアアアアア!!」

俺の視線の先――アストリオンの北方向から、地鳴りのような唸《うな》り声とともに、四足歩行の怪物集団が現れた。

下級魔族《レッサーデーモン》。

魔族が魔界《ヘラ》から召喚した魔《ま》造《ぞう》兵器。リリウム軍がアストリオンに侵攻《しんこう》してきた時に、俺も戦ったことがある。

しかし、あの時の下級魔族《レッサーデーモン》とは外見が明らかに違《ちが》う。通常は赤褐《せっかっ》色《しょく》のような濁《にご》った色をしている下級魔族《レッサーデーモン》だが、今攻めて来ている奴らの身体《からだ》は全身が黒ずんでいる。

また、漆《しっ》黒《こく》の身体は骨格から筋肉まで隆々《りゅうりゅう》としており、見た目から力強さと迫力《はくりょく》が伝わってきていた。

「ウィッシュ兄！　来るよ！」

新生魔王軍の本隊。その先陣《せんじん》となって侵攻してきた下級魔族《レッサーデーモン》が眼前に迫《せま》ってくる。

長い舌からヘドロのような液体を流し、気味の悪い唸り声を漏《も》らす怪物。最初に目の前に飛び込んできた5体の怪物に向け、俺は瞬時に《希望の光《ウィッシング・ユー》》を発動させる。

直後、5体の下級魔族《レッサーデーモン》の漆黒の身体から、小さな光の点が浮かび上がった。

右胸、左肩《ひだりかた》、左腹部……それぞれ、別の部位が眩《まばゆ》く光を放つ。

「っく！　今回の奴らは個体によって弱点箇所《かしょ》が違うのか……ッ!!」

以前倒《たお》した下級魔族《レッサーデーモン》は眉間《みけん》が弱点だった。しかし、今回は5体それぞれ異なる部分が光っていた。

俺は咄嗟《とっさ》に攻撃の照準を変える。

小さな輝きを放つ5つの光に向け、ナイフを突《つ》き刺《さ》し――

「グググギャアアアアアアアアアッッッ!!」

一撃《いちげき》で怪物たちを倒していく。

5体いた下級魔族《レッサーデーモン》は、一瞬《いっしゅん》にして、その全てが地面に倒れ伏《ふ》した。

「ウィッシュ兄！　これから、もっとたくさんの怪物さんたちが襲《おそ》ってくるよ！　気をつけて！」

一息入れる暇《ひま》もなく、俺は次の戦闘に備える。

今回のルゥミィ軍は総数3000もの勢力という話だ。

……ここからが本番。

本当に新生魔王軍との戦争が開戦されたのだ。

俺の周囲にはミルフィナしかおらず、孤独《こどく》な戦いと錯覚《さっかく》してしまいそうになる。

でも……今、南門では、ノア、リリウム、フォルニス、賢者ノエルが俺と同じように戦っているはずだ！　離《はな》れていても気持ちは一つ。俺は俺の役目を全《まっと》うしよう！

「ハアアアアァッ!!」

平原を覆《おお》い尽《つ》くさんとする漆黒の怪物部隊を遠くに確認し、俺は敢然《かんぜん》と立ち向かっていった。

……。

…………。

……………。

どれくらいの時間が経《た》っただろう。

少し前に衛兵の警鐘は俺の耳にも聞こえてきた。

アストリオンの冒険者たちにも、魔王軍侵攻の報は届いているはずだ。

俺は、ひたすら援軍《えんぐん》が来るのを待って、ひとり戦い続けていた。

平原には、何十……いや、何百という数の怪物たちの死体が転がっている。

人間を殺すために造られた魔造兵器——下級魔族《レッサーデーモン》。その殺戮《さつりく》兵器を次から次へと打ち倒していく俺のほうこそ、本当に兵器のようであった。

「ハァ……ハァ……ッ」

しかし、人間の俺の体力は怪物と違って無尽蔵《むじんぞう》ではない。生身の人間の身体には、いずれ限界がくる。それに、個体によって弱点位置が違うことで、瞬時に狙いを定めるのに集中力を消費するのだ。もし、弱点箇所を打ち損じ、倒すのに時間が掛かってしまったら、数の力によって俺は押《お》し切られてしまう。

一回一回の攻撃が命懸け。

絶対にミスは許されない。

1対複数の戦闘《せんとう》では、《希望の光《ウイッシング・ユー》》の力があろうとも全く油断はできないのだ。

「ウィッシュ兄、もうちょっとで人間の冒険者さんたちの援軍がくるよ！　頑張って！」

「ハァ……ハァ……お、おう……！」

俺がミルフィナに精一杯の返事をした直後――

アストリオンの街から大きな叫《さけ》び声が轟《とどろ》いてきた。

「魔王軍だ！　本当に魔王軍が攻めて来てるぞ！」

「こいつぁ、一攫千金《いっかくせんきん》のチャンス到来《とうらい》だぜ！」

「勇者レヴァンのパーティーが解散した今、一番の報酬を得るのはウチのパーティーだ！　みんな！　俺に続けぇええ!!」

声の主は、我先にと街から平原に飛び出してきた冒険者たち。

普段《ふだん》、なかなか目にすることがない下級魔族《レッサーデーモン》。もし討伐《とうばつ》に成功した場合、剥《は》ぎ取った素材が高く売れる上、国から特別な報酬を受けられる可能性もある。

冒険者にとって、魔王軍との戦闘は自身の功績や社会的ステータスを飛躍的《ひやくてき》に向上させる大きなチャンスでもあるのだ。

「わぁ！　冒険者の人たち、大勢来てくれたよ！　これで北側の防衛は大丈夫だね！」

冒険者の集団が俺とミルフィナの近くまで到達《とうたつ》する。その数は、北から侵攻して来ている魔王軍の下級魔族《レッサーデーモン》よりも多い。

「なんだ？　既《すで》に魔王軍と戦ってる奴がいるぞ⁉」

一人の冒険者が俺の存在を確認し、声を上げた。

「マジかよ⁉　もしかして、あいつ、一人で抜け駆《が》けしてんじゃないのか⁉」

「お、おい！　見てみろよ！　あいつが立ってる周辺、魔族の死体だらけだぞ！」

「う、嘘《うそ》だろ……あの数の下級魔族《レッサーデーモン》を、たった一人で倒したっていうのかよ⁉」

次から次へ、俺に向けて言葉が投げられる。

怒《いか》りの声、慌てふためく声…………そして、驚きの声。

「俺たちも早く魔王軍と戦おう！　あいつ一人に手柄《てがら》を取られるわけにはいかねぇ！」

「おお！　魔王軍を蹴散《けち》らすぞ！」

「オオオオオオォォォ!!」

気合の入った大きな掛け声とともに多くの冒険者パーティーが殺到《さっとう》し、先程《さきほど》まで孤独な戦闘が繰《く》り広げられていた平原は、一瞬にして大規模な『戦争』の舞台《ぶたい》となった。

どんな動機だろうと、魔王軍を抑《おさ》えてくれるなら問題ない。

それぞれに戦う理由があり、守るべき存在がいるのだ。

俺はフゥッと一呼吸入れ、構えていたナイフを下げる。

冒険者たちが駆けつけた時点で俺の役目は終わり――

そうして、俺が緊張《きんちょう》を解いた直後。

「な、なんだ、こいつら！　普通《ふつう》の下級魔族《レッサーデーモン》と違うぞ!!」

「見た目の色だけじゃない！　強さも段違《だんちが》いだ！」

戦闘を開始した冒険者たちから叫び声が上がった。

先程の威勢《いせい》の良《い》い声とは真逆の怯《ひる》んだ声。

「グギュルルルルルルルウウウ!!」

そんな状況の中、下級魔族《レッサーデーモン》は勢いを強め、冒険者たちに襲い掛かる。

漆黒の身体を揺《ゆ》らし、大きな鉤爪《かぎづめ》を冒険者に向けて振りかざす怪物。

「ひ、ひええええっ……」

下級魔族《レッサーデーモン》の攻撃を眼前にし、尻《しり》もちをついた冒険者から声が漏れ出る。

怪《あや》しい鈍い光を放つ下級魔族《レッサーデーモン》の鉤爪が、冒険者に振り下ろされる瞬間。

「ハァァァァッッッ!!」

俺は冒険者と下級魔族《レッサーデーモン》との間に割って入り、鉤爪以上に輝く『光』に向かってナイフを突き出した。

怪物の攻撃よりも一瞬早く、俺のナイフ攻撃が下級魔族《レッサーデーモン》の漆黒の身体に突き刺さる。

「グギャギャギャギャァァァァァ!!」

下級魔族《レッサーデーモン》は断末魔《だんまつま》を上げて、そのまま地面に崩《くず》れ落ちた。

「あ、あ、あわ、あわわわわっ…………あ、ありがとよっ！　マジで助かったぜ……!!」

紙一重のところで助かった冒険者が感謝の言葉を述べてくる。

「す、すげぇ……」

「あいつ……この化け物を一撃で倒しちまったぞ……」

「この大量の死骸《しがい》、マジであいつが一人でやったってことなのかよ…………あいつのほうが化け物じゃねぇかよ……」

一方、状況を見ていた冒険者たちの口から、俺に対して恐怖《きょうふ》するような声が上がる。

周囲を見渡《みわた》すと、冒険者たちは下級魔族《レッサーデーモン》相手に苦戦しているようで、6人パーティーでも倒しきれていないようだった。

……実感は無かったが、今回の下級魔族《レッサーデーモン》……やはり魔王直属の強化された個体なのだ。

通常の下級魔族《レッサーデーモン》相手であれば、アストリオンの手練《てだ》れの冒険者たちがパーティーで挑《いど》めば負けることはない。

数で勝る冒険者集団だが、このまま戦えば敗北してしまう可能性がある。

俺は再び緊張感を高め、下級魔族《レッサーデーモン》との戦いに臨《のぞ》んだ。


冒険者集団と魔王軍との乱戦が続き――

それから、しばらく経った後。

「ハァ………ハァ………だいぶ数が減ってきたな……」

辺りには、剣で肉を切り裂《さ》く音や、爪《つめ》と刃《やいば》が互《たが》いに弾《はじ》き合う乾《かわ》いた音が響《ひび》き渡《わた》っている。

冒険者と魔王軍の激闘《げきとう》は続いていたが、敵軍の数は目に見えて減ってきていた。

「相手の怪物さんたち、ほとんどウィッシュ兄が倒しちゃったからね！」

「彼らが一生懸命《いっしょうけんめい》戦ってくれたおかげで、俺も自由に動くことができたからな。俺一人の力ってわけでもないさ」

彼ら——アストリオンの冒険者たちも苦戦しながらではあったが、下級魔族《レッサーデーモン》の進軍を食い止めてくれていた。狙いを突くのが難しい今回の敵だが、動きさえ止めてくれれば簡単に倒すことができる。

乱戦になったおかげで、俺の《希望の光《ウイッシング・ユー》》による攻撃《こうげき》は格段に効率が上がったのだ。

「……あいつ、やっぱり化け物だ」

「このままだと今回の討伐報酬《とうばつほうしゅう》、全部あいつ一人に持っていかれちまうぞ……」

「もう、報酬とかそういう次元の話じゃないだろ……一人の人間が魔王軍を圧倒《あっとう》するなんて、国を揺るがす大事態だぞ⁉」

《希望の光《ウイッシング・ユー》》を多用したことで、冒険者たちの視線には先程以上の奇異《きい》と畏怖《いふ》の感情が含《ふく》まれているようだった。

「もうっ、みんな好き勝手言って〜！　ウィッシュ兄が居なかったら、魔王軍を抑えることはできなかったんだからねっ。ここにいる人間さんたちにはウィッシュ兄の想《おも》いが伝わらないかもしれないけど……ワタシは、街の人間さんたちを守るんだっていう、ウィッシュ兄の熱い気持ちを強く感じてるからね！」

そう言って、ミルフィナは俺に抱《だ》きつくように寄り添《そ》ってきた。

「ふふっ。ありがとな、ミルフィナ」

　俺はミルフィナの頭をポンポンと叩《たた》いてやった。

　ミルフィナもニッコリと笑い、今回の魔王軍侵攻は無事に防衛成功……そう俺が安堵していた時――

「た、大変だぁあああッ!!　南から攻《せ》めてきた魔王軍の軍勢に冒険者が押されている！　このままだと、南門を突破《とっぱ》されてしまう！　誰《だれ》か！　援軍を頼む！」

　北門から駆けつけてきた衛兵が声を張り上げて言った。

　……南門が突破される!?

　南側はノアとリリウム、賢者ノエル、それにフォルニスが防衛している。俺が誰よりも信頼《しんらい》している仲間たちであり、強化された下級魔族《レッサーデーモン》が相手だろうと、簡単に敗北するわけがない……ッ!!

　悪寒《おかん》に襲われ、全身に流れていた汗が一気に引いていく。

「ウィッシュ兄!!　すぐに南門に行こう!!　ノアお姉ちゃんたちが心配だよ!!」

「ああ！」

　北側の趨勢《すうせい》は既に決した。俺が戦闘を離脱《りだつ》しても、魔王軍が北門まで迫るということはないだろう。

　俺はミルフィナとともに、一目散にアストリオンの南門へと駆けだした。

南門へ向けアストリオンの街中を走る途中。

南方向から逃《に》げてくる人々の表情には悲愴感《ひそうかん》が漂《ただよ》っており、俺とミルフィナは緊張感を一層強めた。

そして、南門へ着くと――

「おい！　すぐそこまで魔王軍が攻めてきてるぞッ‼」

「住民たちは早く逃げろ！　冒険者たちは何としてでも魔王軍を抑えるんだ！　絶対に街の中には入れさせるな！」

国の衛兵の叫び声が耳に届いてきた。

まだ街中に魔王軍は入り込《こ》んできていないようだが、危機が眼前に迫ってきている様子がヒシヒシと伝わってくる。

俺とミルフィナは急いで門を通り抜《ぬ》け、外へと飛び出した。

南門を抜けた先――そこでは、冒険者の集団と魔王軍の下級魔族《レッサーデーモン》の軍団が激しい戦闘を繰り広げていた。

……北側とは緊迫感《きんぱくかん》がまるで違う。

勝利後の報酬を考えている人間は、この戦場には居ない。そんな余裕など微塵《みじん》も感じられない。場は殺伐《さつばつ》とした空気に支配されており、ここを突破されたらアストリオンが陥落《かんらく》してしまう……そんな危機的な状況《じょうきょう》に直面していた。

「ノアお姉ちゃんは⁉　みんな‼　お願い！　無事でいて！」

ミルフィナが不安そうな声を上げ、戦場を見渡す。

辺りでは怒号《どごう》や叫び声が飛び交い、剣戟《けんげき》の音が鳴り響いている。

ミルフィナの声は大きな音に掻《か》き消され、近くにノアたちが居ても届きそうになかった。

「ミルフィナ……ノアたちのことも心配だが、今は目の前の下級魔族《レッサーデーモン》を一体一体倒していくしかない！」

ノアたちも、この戦場のどこかで戦っているんだ。

俺《おれ》にできること、やるべきことは、ノアたち《仲間》を捜《さが》すことじゃない。

――街の皆を守ることだ！

「……うん！　そうだね！　北での戦闘から連戦だけど……ウィッシュ兄、頑張って！」

「任せろ！　北側に比べれば下級魔族《レッサーデーモン》の数は少ない！　一気に蹴散らす！」

そうして、俺は《希望の光《ウィッシング・ユー》》を連続で発動させ、怪物《かいぶつ》たちを薙《な》ぎ倒していった。

下級魔族《レッサーデーモン》の真っ黒い返り血を浴び、俺の全身も黒く染まっていく。

冒険者たちから化け物と呼ばれた俺の戦闘スタイル――だが、今は周りからの評価や視線を気にする余裕は一切《いっさい》なかった。

ただただ必死に戦う。

街の人々を守るため。冒険者や兵士たちを守るため。

仲間たちの安否を早く確認するために。

「グギャアアアアアアッ……!!」

「グギュウウウウウ……ゥ……!!」

俺の駆け抜けた場所では、下級魔族《レッサーデーモン》たちの断末魔が次々と上がっていった。

死《し》に物狂《ものぐる》いで下級魔族《レッサーデーモン》を打ち倒していくと——

「ウィッシュ!?　おい！　ウィッシュじゃねぇか！」

突然《とつぜん》、野太い声に引き留められた。

「あぁ！　さっきの感じの悪いお兄さんだ！」

「……ッ!!　ガリウス!!　防衛に来てくれていたのか！」

声の方へ振《ふ》り向くと……そこには、さっき再会を果たした元パーティーメンバーの男が立っていた。本日二度目の再会である。

ガリウスは勇者パーティーでは常に最前で戦っていた人物だ。敵に向かって最初に斬《き》り込んでいく役割を担《にな》っていて、その胆力《たんりょく》や仲間を守るという気持ちにおいては勇者パーティーでも随一《ずいいち》だった。

そして……金に対する執着心《しゅうちゃくしん》も人一倍強かった。

魔王軍《まおうぐん》が侵攻してきたら、討伐報酬目当てで真っ先に立ち向かっていくことは容易に想像できた。

……ただ、それでも。

ガリウスが防衛戦に参加してくれていたことが俺は嬉《うれ》しかった。外見や装備は変わってしまったが、その中身までは変わっていない。良い面、悪い面、そのどちらも昔のままだ。

「まさか、ウィッシュの言う通り、本当に魔王軍が攻めて来るとはな……正直驚《おどろ》いたぜ……。しかも、こいつら、なんか前の時に比べてメチャクチャ強くなってやがるし…………っと⁉ うおおおっ⁉」

ガリウスが話をしている最中、突然、下級魔族《レッサーデーモン》が襲い掛かってきた。

下級魔族《レッサーデーモン》の急襲《きゅうしゅう》に、よろめくガリウス。

「っくぅ!!　ッハアアアアアッ!!」

俺はガリウスを守るため、瞬時に《希望の光《ウィッシング・ユー》》を発動させ、ナイフで下級魔族《レッサーデーモン》の身体を斬り裂いた。

「へ⁉　い、一撃だと⁉　マ、マジかよ⁉　なにが……どうなって……⁉」

俺の一撃で倒れ伏した怪物の姿を見て、ガリウスが目を見開かせる。

「へっへ～ん！　どお？　ウィッシュ兄、凄《すご》いでしょ！」

なぜか、ミルフィナが得意気に言った。

「す、凄《すげ》ぇなんてもんじゃねぇぞ……この怪物、オレや冒険者が束になっても勝てなかったんだぜ⁉　それを、たった一撃で……ウィッシュ……お前、どんだけ強くなりやがったんだよ……⁉」

「その話は――」

「ウィッシュ兄はワタシと出会ってから真のチカラが覚醒したんだよ！」

俺の言葉を遮《さえぎ》って答えるミルフィナ。

「ってか……さっき会った時から気になってたんだがよ……この小《ち》っこいのは、なんだ⁉」

ガリウスはミルフィナの首根っこを掴《つか》んで、ひょいっと持ち上げた。

「あぁ～！　うわぁ～んっ！　下ろしてよぉ！」

ミルフィナは空中で両手両脚《りょうあし》をバタバタさせて、ガリウスに抗議《こうぎ》する。

「こいつはミルフィナ、俺の相棒だ………って！　今は、そんなことより魔王軍を撃退することが先決だ！　ガリウス！　魔王軍の侵攻を食い止めるぞ！」

「お、おう……!!」

「街の皆《みんな》を守るんだ！」

「……ウィッシュ、変わってねぇな！　相変わらず勇者のような発言しやがる！　…………でも、今は不思議と自然な感じがするぜ！　ガッハッハッハッハ！」

ガリウスは持ち上げていたミルフィナをポイッと地面に下ろし、豪快に笑った。

そして、俺の前に立ち、剣を構えた。

タンクの聖騎士ガリウスとアタッカーである商人の俺――以前とは少し違う役割で、俺たちは臨時パーティーを組んだのだった。


ガリウスと臨時パーティーを組んでから――

「――フゥッ!!　うおりゃあああっ!!　ウィッシュー――!!　こいつの止《とど》めも頼《たの》む！」

ガリウスが下級魔族《レッサーデーモン》の攻撃を剣で受け止めてから、怪物の身体を俺に向けて弾いてきた。

「ああ！　任せろ！　ハアアアアアアッッッ!!」

俺は無防備な体勢で飛ばされてきた怪物の身体を、ナイフで突き刺す。

《希望の光《ウィッシング・ユー》》で弱点箇所を撃ち抜かれた下級魔族《レッサーデーモン》は、呻《うめ》き声を上げて地面に倒れた。

「マジで凄ぇな！　ウィッシュと、ウィッシュのそのチカラはよぉ！」

「俺が存分に力を発揮できるのは、ガリウスが身体を張って相手の攻撃を受けてくれるおかげだ。攻撃に集中できるし、複数の敵を相手にもできる。正直、かなり助かってるぜ！」

「もしかしてよ、オレたち最強のコンビなんじゃねぇか！　ガッハッハッハッハ‼」

高笑いを上げるガリウス。そこにミルフィナが割って入ってきた。

「ウィッシュ兄と最強のコンビなのはワタシだも〜ん！」

「ガッハッハッハ‼　わかった、わかった！　そのポジションはチビに譲《ゆず》ってやるよ！　それじゃあ、ウィッシュ！　このままガンガン魔王軍を倒していこうぜ！」

「ああ！」

その後――

俺とガリウス、そしてミルフィナのパーティーは、快調に魔王軍を倒していった。

休憩《きゅうけい》することなく敵を攻撃していき……気づいた時には、周囲にいた下級魔族《レッサーデーモン》の群れは完全に消えていなくなっていた。

「ハァ……ハァ……ハァ……ハァ……」

ガリウスとの共闘《きょうとう》とはいえ、さすがに息が上がる。

「ハァッ……ハァッ……こ、これで……終《しま》いかぁ？」

「ああ、たぶん……南の魔王軍は全部倒しきったと思う…………ふぅ」

俺は周りに魔族の姿がいなくなったことを確認し、一呼吸つく。

直後。

南門、北門の二手から戦闘終了《せんとうしゅうりょう》の空砲《くうほう》が打ち上げられた。

アストリオン側の勝利を告げる号砲《ごうほう》だ。

「お疲《つか》れさま、二人とも！　二人の大活躍《だいかつやく》で、魔王軍を無事に撃退することができたね！」

「まぁ、ほとんど……ってか、全部ウィッシュがやっつけたんだがな。これ、討伐報酬トンデモないことになるぜ？　下手したら、国から特別表彰《ひょうしょう》を貰《もら》えるレベルだ！」

平原には数えきれないほどの下級魔族《レッサーデーモン》が倒れている。

それだけじゃない。周囲には俺を遠巻きに眺《なが》める多くの冒険者《ぼうけんしゃ》たちの姿もあった。

彼らは、北側にいた冒険者たちと同じような畏怖の感情を俺にぶつけてきていた。

「俺は報酬を受け取るつもりはない。代わりにガリウス、お前が全部受け取ってくれ。金に困ってたんだろ？」

「はぁ⁉　そんなわけにいくかよ！　いくらオレでも、そんなことはできねぇぞ⁉　勝利の立役者であるウィッシュが報酬を受け取らねぇって、それはダメだぜ！」

「いいんだ。俺はお金《ルピ》を使わないから。それに、今は下級魔族《レッサーデーモン》の素材を剥ぎ取ることよりも、しなきゃならないことがある」

「金よりも大事なこと？　そんなもんあるかよ!?」

勇者パーティーでは、討伐した敵から素材を収穫《しゅうかく》するのが俺の仕事だった。

でも、今はそれよりも大事なことがあった。


「――仲間だ」


この場で戦っていた俺の大切な仲間。ノア、リリウム、賢者《けんじゃ》ノエル、フォルニス……あいつらの安否を確認《かくにん》しに行きたい――それが今の俺の気持ちだった。

「仲間……」

ガリウスが思《おも》い詰《つ》めたように呟《つぶや》く。

「そうだね！　早く、みんなを捜《さが》しに行こう！　きっと、ノアお姉ちゃんたちもワタシたちのことを捜してるはずだよ！」

「ああ！」

戦闘終了の号砲が鳴ったのだ。ノアたちは、俺と合流するために北側エリアへ移動しようとするかもしれない。できれば、その前にこっち《南》で合流したい。

俺がそんなことを考えていると――

「あ！　ウィッシュじゃないのよ！　なんで、南側に来てるのよ⁉」

女性の声に呼び止められた。

毎日聞いている女魔族の声。今は、その声が最高に嬉しかった。

「リリウム！　無事だったか！」

「わぁ〜リリィだぁ！　それに、ノアお姉ちゃんとノエル、フォルニスもいる！　良かったぁ〜、みんな無事だったんだねっ」

ミルフィナが嬉しそうに声を上げる。

リリウムのすぐ後ろに、仲間たちの姿も確認することができた。皆、傷を負っているようだが、ちゃんと自分の足で立っている。

全員の無事を確認できたことで、俺はホッと胸を撫《な》で下ろす。

「まぁ、無事は無事だったんだけどな……オレ様たち、ほとんど何もできなかったんだ。そのせいで、魔王軍を街の付近にまで近づけさせちまった」

いつもは超然《ちょうぜん》とした様子で、常に余裕《よゆう》な態度を取っているフォルニス。そのフォルニスが委縮するように言ってきた。

見ると、フォルニスは表情に元気がなく、珍《めず》らしく疲れているようだった。

フォルニスだけじゃない。南門パーティー全員には、俺とガリウス以上の疲労感《ひろうかん》が浮《う》かび上がっていた。

「……ウィッシュ……ごめん。南は私たちが魔王軍を抑えることになってたんだけど……これじゃあ、ルゥミィにも合わせる顔がないわ……」

リリウムが視線を地面に落として言った。

こんな意気消沈《いきしょうちん》した姿のリリウムは珍しい。いつもだったら不遜《ふそん》な態度で、「私のおかげで魔王軍を撃退できたわ！」などと言ってきそうなものだが。

魔王軍撃退の歓喜《かんき》とは程遠《ほどとお》い空気が漂う中――

「ごめんなさい……私の……せいです……私のせいで、みなさんに迷惑《めいわく》を掛《か》けてしまいました……」

リリウムとフォルニス以上に悄然《しょうぜん》としているノアが、俯《うつむ》き加減で口を開いた。

「ノア……なにがあったんだ？」

「……傷ついた方々を、私のチカラで癒《いや》して差し上げようとしたのですが…………能力が発動しなかったのです……この大事な場面で……。ノエルさんの回復魔法《まほう》のおかげで、なんとか持ち堪えることができたのですが……」

言いながら肩《かた》を落とすノア。

「そう……だったのか」

ノアが言葉にしたチカラ――《導きの光《ロード・ヒール》》は、ノアが転生者として覚醒《かくせい》したことで発現した能力であり、どんな傷でも治してしまうという完全治癒《ちゆ》能力である。

そして、停止した心臓の鼓動《こどう》を復活させたこともある奇跡《きせき》のチカラである。

ノアの能力覚醒後、俺は《導きの光《ロード・ヒール》》のことを知るために、ミルフィナの知恵《ちえ》も借りながら色々と実験をおこなった。

その結果。

擦《す》り傷《きず》や打撲《だぼく》といった怪我《けが》から持病に至るまで、あらゆる疾病《しっぺい》を治癒することができたのだ。その奇跡のチカラは俺たちパーティーメンバーだけでなく、アークの住人たちにも驚《おどろ》かれ、感謝された。……のだが。

「もしかしたら、まだワタシたちの知らない発動条件とかがあるのかも……。それとも……まだノアお姉ちゃんが真に覚醒しきっていないか……」

「…………」

ノアは、ミルフィナの言葉を神妙《しんみょう》な顔つきで聞いている。

「悪《わり》ぃ……オレ様も元《もと》の身体に戻って応戦しようとしたんだけどよ…………小っちゃい連中がゴチャゴチャ戦ってる中、敵味方の判別ができそうになくてよ……結局、何もできなかった」

ノアに続き、フォルニスも気落ちしたように言ってきた。

――フォルニスの戦闘力《せんとうりょく》は確かに強大だ。

しかし……強大過ぎるが故《ゆえ》、その攻撃範囲《こうげきはんい》に人間が巻き込まれてしまう恐《おそ》れがある。冒険者と魔王軍が乱戦になった時点で、フォルニスの力は使えないのだ。

パーティーメンバーから状況を聞き、俺はリーダーとして反省する。

「ノアとフォルニスのせいじゃない。……俺のせいだ。リーダーの俺が仲間の能力を把握《はあく》していなかったせいだ。ごめん……そのせいでノアたちを危険な目に遭《あ》わせてしまった」

フォルニスの竜化《りゅうか》タイミングを含め、状況に応じて臨機応変に対応できるよう、もっと話し合っておけば良かったのだ。

「いえ、ウィッシュさんのせいでは――」

ノアが俺を擁護《ようご》しようとした時、

「なんだぁ？　こいつらが、さっきウィッシュが言っていた仲間たちか？　なんか辛気臭《くさ》せぇし、パーティーとして、まとまってねぇじゃねぇか」

それまで黙《だま》って俺たちの話を聞いていたガリウスが口を挟《はさ》んできた。

「なによアンタ、急に割《わ》り込んできて…………って、アンタ、誰よ⁉　なんで普通に私たちのパーティーに紛《まぎ》れ込んでるのよ⁉」

突然のガリウスの登場に、リリウムが素《す》っ頓狂《とんきょう》な声を上げた。

「なんでって、そりゃあ……さっきまで、オレとウィッシュは一緒《いっしょ》に戦ってたからな！　この辺りに倒れてる下級魔族《レッサーデーモン》は全部オレたちが討伐したんだぜ！」

ガリウスは胸を張りながら俺の肩に手を乗せる。

「ウィッシュと……一緒に？」

怪訝《けげん》な表情を浮かべて呟くリリウム。リリウムもミルフィナと同じく、ガリウスの初見の印象は見た目的にも良くないみたいである。

「なぜ、ガリウスがウィッシュと一緒に……？　それに、なぜ、この場に……」

リリウム以上に驚いた反応をする賢者ノエル。

賢者ノエルと聖騎士ガリウスは、元パーティーメンバーである。思いがけない旧メンバーとの邂逅《かいこう》に、「なぜ」を連発するノエル。その心情は俺も理解できる。

「なんだなんだぁ？　ノエルも居るのかよ⁉」

ガリウスも同様に、ノエルを見て驚いていた。

「ノエルさんとも知り合い……ということは、ウィッシュさんの元パーティーメンバーの方なのですか？」

気落ちしていたノアも、大男の登場に思考を奪《うば》われているようだ。

「ああ。こいつは聖騎士ガリウス、俺とノエルの元パーティーメンバーだ。今回の魔王軍討伐、ガリウスのおかげでスムーズに事を進めることができたんだ。あらためて礼を言うよ、ガリウス。ありがとう、本当に助かった」

今の仲間とは上手《うま》く連携《れんけい》が取れなかった一方で、昔の仲間のガリウスとは一糸乱れぬ攻《こう》防《ぼう》で魔王軍を圧倒することができた。そのことに、俺は少しだけ複雑な感情を抱《いだ》いていた。

「よせよ、水臭《くせ》ぇ。オレとウィッシュの仲だろ？　それに、さっきも言ったが、今日の功績は殆《ほとん》どウィッシュだぜ。正直、ウィッシュがこんなに強いってことを知っていたら、オレは勇者パーティーから追放しなかった。……まぁ、こんなこと言うのは都合の良《い》い話だけどよ……」

ガリウスは頭をポリポリと掻《か》きながら、居《い》心地《ごこち》悪そうに言った。

調子良いことを言うのはガリウスらしいが。表裏がなく、自分の思ったことをそのまま口にするのは彼《かれ》の長所なのかもしれない。今言ったことはガリウスの本音なのだ。

「昔のことなら俺は気にしてないから別にいい。大事なのは、今、こうして力を合わせて魔王軍を撃退《げきたい》したことだろ？　ノエルといい、追い出した側のほうが今も気にしてんだからな。不思議なもんだ」

もしかしたら、勇者レヴァンも今頃《いまごろ》…………と思ったが、あいつは勇者だ。俺のことなど、もう頭の片隅《かたすみ》にもないだろう。レヴァンが今どこで何をしているのかは分からないが、きっと自分の道を突き進《すす》んでいるに違《ちが》いない。

「ノエル……お前、今はウィッシュのところに居るのか？」

「ええ。パルと一緒にウィッシュの村でお世話になっております」

「そうだったのか……」

ガリウスは何か思案するように声を漏《も》らした。

俺たちが魔王軍撃退を労《ねぎら》い合っていると、辺りが徐々《じょじょ》に騒々《そうぞう》しくなってきた。

討伐された下級魔族《レッサーデーモン》の後処理をするために、国の兵士たちが平原にやってきたのだ。

兵士たちは大量の下級魔族《レッサーデーモン》をみて、一様に驚愕《きょうがく》の表情を浮かべている。

「これは……凄いな……」

「ああ……こんなに多くの魔王軍部隊を倒《たお》してしまうなんて……」

「情報によると、あそこのナイフ使いの彼が、化け物染《じ》みた力で倒していったらしいぞ。北側も同じ状況とのことだ」

一斉《いっせい》に俺のほうを見る兵士たち。

俺は咄嗟《とっさ》に兵士たちから視線を逸《そ》らし、別の方を向く。

……経験上、こういう時に目立っても良いことはないからな。自分の知らないところで誰かの反感を買いたくないし。

アークのリーダーとしても、ここは目立たずに早く帰るべきだろう。

「あの兵士さんに詳《くわ》しく報告しなくちゃ！　ウィッシュ兄、本当に凄かったんだから！」

「お、おいっ、ミルフィナ！　余計なことはしなくていいからっ」

俺が制すと、ミルフィナは「えー」と不満そうに呟いた。

「まぁ今回は本当にウィッシュの活躍《かつやく》のおかげで、なんとか防衛できたって感じよね……」

「いや、俺だけの力じゃない。ルゥミィが事前に侵攻《しんこう》作戦の概要《がいよう》を伝えてくれたおかげだ」

「そうですね。ルゥミィさん、自らの危険を顧《かえり》みず私たちのもとへ来てくださいましたから……」

今回の魔王軍撃退――その立役者はルゥミィだ。

あらかじめ情報を得ていたからこそ、俺たちは魔王軍を街に入れることなく、平原で対処できたのだ。街まで攻め込まれていたら、住民にも被害《ひがい》が出ていたことだろう。

ただ……俺たちがルゥミィ軍を撃退してしまったことで、魔王軍内部でのルゥミィの立場が悪くなる可能性がある。

俺がルゥミィの今後のことを心配していると――

「ん!?　この魔力《まりょく》反応は…………ルゥミィ!?」

リリウムが驚いた様子でアストリオンの街とは反対の方角を向いた。

リリウムの視線の先を確認すると……そこには、遠くからでも分かるくらい鮮《あざ》やかな真《しん》紅《く》の髪色《かみいろ》をした少女が立っていた。

「ルゥミィ……来てくれたのか」

今回のアストリオン侵攻の指揮官であるルゥミィ。

そして、俺たちの大事な仲間でもある少女。

ルゥミィは遠くから俺たちの姿を確認した後、そっと口を開いた。

「────」

離《はな》れているので、ルゥミィの声は俺たちに届かなかった。

でも、俺にはルゥミィが何と言っていたのか口の動きで分かった。

俺がルゥミィに手を振って返すと、彼女《かのじょ》は背を向けて、その場から去っていった。

ルゥミィを見送った後。

俺たちパーティーは顔を見合わせ、微笑《ほほえ》んだのだった。


──ありがとう。

俺はルゥミィに対し、心の中で彼女と同じ言葉を呟いていた。

◇◆◇◆◇◆◇◆◇◆◇◆

無事、新生魔王軍によるアストリオン侵攻を防ぐことができた。

胸を張ってアークに帰ろう。

俺が達成感を抱き、竜化したフォルニスのもとへ歩いている途中《とちゅう》、

「なぁ……ウィッシュよぉ……」

ガリウスが俺に声を掛けてきた。

「どうした？　討伐報酬のことか？　それなら国の兵士か冒険者ギルドに――」

「違う。報酬のことじゃねぇ。別のことで、ウィッシュに頼みがあるんだ」

「頼み？」

ガリウスからの頼み事《ごと》など、金の無心以外に思い当たらないのだが。

「オレをウィッシュの仲間にしてくれ！　頼む！」

ガリウスは大きな声で言ってから、勢いよく頭を下げた。

「仲間って………それはアークに――俺たちの村に一緒に来たいってことか？」

「ああ！　ウィッシュをパーティーから追放したオレが言えたことじゃねぇし、虫の良い話だってことも自覚してる！　でもよ！　今日、ウィッシュと久しぶりにパーティーを組んで、感じたんだ！　オレとウィッシュ、すっげぇ相性《あいしょう》良いってな！　生活費に困ってるからとか、そんなチャチな理由じゃねぇ！　ただ純粋《じゅんすい》に、今のオレが一番役に立てる場所はウィッシュのところだと思ったんだ！」

一生懸命に熱く語るガリウス。

「……お、おぅ」

裏表のないガリウスの言葉を真正面から受け、思わず俺のほうが気圧《けお》されてしまう。

「ダメ、か？　これまでウィッシュのことを散々馬鹿にしちまったからな………今さら謝《あやま》っても取り返しは付かねぇと思うが……けどよ――」

「いいぞ？」

「今のオレならウィッシュの力になれる！　だから、そんなこと言わねぇで………って!?　ん!?　今、いい、って言ったか!?」

「ああ、言ったぞ。他の仲間も待ってるから、早く付いて来いよ」

俺は早足で竜化したフォルニスのもとへ向かう。

「あ、あ、あ、ありがとうよおおおお!!　ウィッシューーー!!」

そんな俺の後ろを、ガリウスが大きな声を上げて付いてきた。

俺たちは、「アストリオンを守る」という目的を達成させただけでなく、聖騎士ガリウスという頼《たよ》れる仲間も新たに加えたのだった。

そして——

激動のアストリオン防衛戦を終え、フォルニスに乗って街を去ろうとした時。

ふと、一人の男の姿が俺の目に入った。

男は夕暮れの平原にポツンと佇《たたず》んでおり、その姿には、どこか寂寥感《せきりょうかん》のようなものが漂っていた。

同時に、俺は男の姿に懐《なつ》かしさも感じていた。

気のせいだろうか。

男も俺のほうを遠くから見つめているような気がした。

俺とガリウス、そしてノエルとパルがリーダーと呼んでいた男。

人類にとっての希望の光——勇者。

男は、その勇者レヴァンに間違《まちが》いなかった。

二章　決闘《けっとう》

新生魔王軍のアストリオン侵攻から数日後。

追憶の樹海《フォルニウム》の整地作業が終わり、樹海では着々と路網《ろもう》整備が進められていた。

賢者ノエルと魔《ま》法使《ほうつか》いパルに加え、今では聖騎士ガリウスもアークの住民になり、ともに追憶の樹海《フォルニウム》の整備に取り組んでいる。

「おーい！　ウィッシュ、この石はどこに運べばいいんだ？」

作業中、ガリウスが大きな石を前にして訊《たず》ねてきた。

「それはパルのところへ運んでくれー！　石敷《じ》き用にカッティングしてもらうから！」

「了解《りょうかい》ッ！　……ふんッ!!」

俺の身体《からだ》よりも大きな石……というよりは岩を持ち上げるガリウス。そして、そのまま岩を担《かつ》ぎ上げて、樹海内の別の場所で作業しているパルのもとへ運び出した。

ガリウスの恐るべきパワーによって作業能率は大幅《おおはば》にアップし、その後も俺たちは順調に樹海の整備を進めていったのだった。

◇◆◇◆◇◆◇◆◇◆◇◆

ある日の作業の休憩中。

俺、ガリウス、ノエル、パルの４人で集まり、話をしていた。

俺は、久しぶりに集結した元パーティーメンバーたちの話に耳を傾《かたむ》けながら、彼らの様子を黙って見つめていた。

「それにしても、まさかガリウスまでアークに移住してくるとは思いませんでした」

白いベールを揺《ゆ》らし、『お茶』を飲みながら話す賢者ノエル。

ノアが用意してくれたのは『紅茶』と呼ばれる種類の茶で、この『紅茶』をノエルは好んで飲んでいる。

『紅茶』を優雅《ゆうが》に飲むノエルの姿からは、どこか高貴な雰囲気《ふんいき》が漂っている。

「ガッハッハッハッハ!!　まぁな！　でもよ？　オレからしたら、ノエルとパル、お前らがウィッシュと合流していたことのほうが驚きだぜ！」

一方、ガリウスは水をガブガブ飲んで水分補給をしており、笑い方や話し方、その一つ一つの仕草が豪快《ごうかい》である。

「……色々あったから。アタシとノエルは、本当にウィッシュに救われた。今こうして充《じゅう》実《じつ》した日々を送れているのはウィッシュのおかげ」

淡々《たんたん》と、同じリズムで話す魔法使いパル。

感謝の気持ちを向けられているのは分かるが、パルの表情からは全然感情が読み取れない。クールなパルの雰囲気は、以前から変わっていない。

でも、パルは昔に比べて、言葉から毒気が抜かれているように感じる。

「私たちとウィッシュとの間には、過去色々なことがありましたが、こうして再び仲間になることができました。ウィッシュの懐《ふところ》の深さに感謝して、これからはアークを盛り上げるために共に活動していきましょう」

「おう！　そうだな！」

「……うん」

ノエルの言葉にガリウスとパルが応えた。

──三者三様。

みんな性格が違うし、思考も嗜《し》好《こう》も異なっている。

でも、同じ目標、目的を胸に抱《いだ》くことで、一つにまとまることができた。過去のイザコザなど、今では遠い昔の出来事のように感じられる。

俺《おれ》が仲間たちのことについて耽《ふけ》っていると、

「ただ……少しだけ、嫉妬《しっと》してしまう部分もありますけどね」

ノエルがポツリと呟き、持っていたコップを両手で優《やさ》しく包み込《こ》んだ。

「嫉妬？　誰《だれ》に？」

ガリウスが粗野《そや》な口調で問いかける。

「今のウィッシュのパーティーメンバーに、ですよ」

「ん？　みんな良《い》い奴《やつ》らじゃねぇか？　ノアはオレの家の手配とかしてくれた上に、日々の生活でも色々助けてくれてる。リリウムは……正直、未《いま》だに本物の『リリウム』だって信じられねぇけど……アークの住民に、オレのことを丁寧《ていねい》に紹介《しょうかい》して回ってくれたぜ。ミルフィナは…………まぁ……いっぱい食べるところが可愛《かわい》いんじゃねぇか？」

アークの新入りであるガリウス視点でも、ノアたちの評価は高いようだ。ミルフィナの食《く》いしん坊《ぼう》な面を受け入れているところに、ガリウスの意外な器《うつわ》の大きさを感じるが。

「……うん、みんな良い人。アタシも、たくさん御世話《おせわ》になってる。だから、樹海の整備作業を効率化させることで、少しでも恩返ししていきたい」

パルもノアたちに感謝してくれているようだ。

ガリウスとパルの言葉に、俺は不思議と誇《ほこ》らしい気持ちになる。

「そうですね、皆さん良い方々ばかりです。……でも、だからこそ以前の自分と比べて、そのあまりの違いに嫉妬してしまうのです。もし、以前の私たちがウィッシュのことを少しでも理解していたのなら……今のノアさんたちのポジションには私たちが居たのではないか……そう思ってしまいます。非常に自分勝手な嫉妬心で、我ながら醜《みにく》い感情だと自覚しておりますが……」

そして、ノエルは俺をチラッと一瞥《いちべつ》してから少し微笑んだ。

前に俺が言った、未来志向の考えを思い出したのだろう。

勇者パーティーにいた頃《ころ》は常に達観した物言いをしていたノエル。そのノエルが、今ではここまで自分の思考を開示してくれるようになった。俺に対する信頼度《しんらいど》が上がった証《あかし》だ。

「まぁ、パーティーメンバーではなくなっちまったかもしれねぇが、仲間であることに変わりはねぇ！　ノアたちとオレたち、そしてウィッシュ。みんなで力を合わせていけばいいんだ！　な？　そうだろ、ウィッシュ！」

ネガティブなムードを一撃《いちげき》で吹《ふ》き飛ばす、ガリウスの威勢《いせい》の良い言葉。

ノアとノエルのポジションが似通っているのなら、ガリウスはリリウムと同じムードメーカー的な立ち位置だろう。食い意地の張ってるパルは、まさしくミルフィナと被《かぶ》る。

「ああ、ガリウスの言う通りだ。職業《クラス》も信条も性別も種族も、何も関係ない。みんなは俺の大切な仲間だ」

俺が答えると、ガリウス、ノエル、パルの３人は笑顔《えがお》で大きく頷《うなず》いた。

その光景を見た後、ふと俺は考えてしまう。


今の俺のポジションは、以前のパーティーでは誰だっただろうか？


心の中の自問に対する答えは、すぐに出る。

――勇者レヴァン。

リーダーとしてメンバーを導き、国や冒険者ギルドから多大な功績を認められた人物。

今、彼は何を思い、何をしているのだろうか。

俺は、この場には居ない元リーダー、勇者レヴァンのことを思い浮かべていた。

休憩を終え、整備作業に戻ろうとした時、

「このペースで作業を進めていけば、予定よりも早く交易路を開通できそうですね」

ノエルが嬉しそうな表情を浮かべ、話《はな》し掛けてきた。

キッチリした性格のノエルは、整備計画が順調に進んでいるのを喜んでいるようだ。

「そうだな。ノエルとパル、ガリウスが全力で働いてくれてるおかげだよ。アークのリーダーとして、本当に感謝してる」

「オレたちだけじゃないぜ？　アークの住人が一丸となって取り組んでいるおかげだ。それに…………この樹海の中、すっげぇ涼《すず》しくて作業しやすいからな！」

「……アタシもソレ思ってた。作業するのに心地《ここち》良い気温だし、樹海の外だと使えない水《み》魔《ま》法《ほう》も使える。嬉《うれ》しいっ」

パルはウットリしながら手に持った杖《つえ》を擦《さす》っている。

レピシアでは温暖化により稀少《きしょう》となっている水の魔素。パルは、この水の魔素を存分に使用できる追憶《フォルニウム》の樹海を気に入っているようだ。

「水の魔素が潤沢《じゅんたく》だと、体感上こんなに気持ち良くなるものなのですね。レピシアは平均気温が上昇《じょうしょう》していて、それが当たり前のことだと思っていましたが……やはり生活するには、このくらいの気温が良いですね」

「俺もそう思うよ。できれば、樹海の外……レピシアも気温が下がってくれると良いんだけど…………温暖化を止めるのは中々難しいよな」

リリウムと一緒に行った魔界《ヘラ》は樹海の中と同じく、とても過ごしやすい気候だった。温暖化が進行していないことが要因なのだが……そもそも、レピシアの気温が上昇している主たる原因は何なのだろうか？
転生者のもたらした革新的な技術によってレピシアの温暖化が始まったと言われている
が、本当にそれだけなのだろうか。
俺が疑問に思っていると、
「レピシアの温暖化が進んでいるのは一部の貴族のせいですからね。そう簡単には解決で
きないでしょう」
ノエルが、まるで俺の思考を読み取ったかのように答えてくれた。
ただ、ノエルの答えは予想に反するものだったので、俺の頭の中には、先程《さきほど》以上に疑問《ぎもん》
符《ふ》が浮かび上がっていた。
「貴族のせい？　温暖化の原因は転生者じゃないのか？」
「そうですね。確かに、事の発端《ほったん》は転生者の保有していた技術をレピシアで流用したこと
にあります。しかし、温暖化を抑制《よくせい》することなく、逆に世界《せかい》中に広めてしまい、尚且《なおか》つ深
刻な状態になるまで進行させてしまったのは、レピシアの貴族です」
「マジかよ……全然知らなかった……」
「オレも聞いたことなかったぜ。ってかよー、これまで全然興味もなかったわ！」
「……ノエルの話は、レピシアでも一部の人間しか知らない秘匿《ひとく》情報」

「そうなのか。でも、なんで俺たち一般《いっぱん》の人間には秘密なんだ？」

不思議に思ったので訊ねてみた。

「民衆に知られると、貴族の方々の評判が落ちるからでしょうね」

「ん？　温暖化が進行しても、レピシアの人間たちは別に気にしないだろ？　貴族に対して抗議《こうぎ》するようなことはしないと思うが」

レピシア人は温暖化を問題視していないのだ。実際、今までは俺も気にしていなかったし、ガリウスだって無関心である。

レピシアの気候によって悪影響《あくえいきょう》を受けているのは、水の魔素が使えず真の実力を発揮できなくなった、残念な元魔王《まおう》のリリウムくらいだろう。

「温暖化自体はレピシア人に大きく問題視されていませんが、貴族の方々が私腹を肥やすために転生者の技術を悪用している、というのであれば話は変わってくるでしょう？」

「転生者の技術を悪用って……貴族はそんなことしてるのか⁉」

それが事実なら、確かに話は変わってくる。

転生者は、レピシア人にとって勇者以上の、神にも近しい存在である。そして、転生者のもたらす技術はレピシアにとっての大いなる資産であり、全人類共有の宝とされている。

たとえ貴族であろうと、その技術を私的に使用することは許されない。もし、その事実が判明した場合、暴動に発展する可能性すらある。

「私も信じたくはありませんが、どうやら事実のようなのです。本来であれば、人類のために使用されるべき転生者様の御力《おちから》――その奇跡の力とも呼べる技術が、貴族の方々に無《む》尽蔵《じんぞう》に使用されている……そのせいで、レピシアの気温は下がることなく、上昇を続けているのです」

賢者ノエルの口から告げられた衝撃《しょうげき》の真実。

賢者は貴族階級出身の人間を中心にして構成されている職業《クラス》である。賢者の職業《クラス》に就《つ》いているノエルは、その特性上、これまでの生活で貴族と関わることが多かったのだろう。

そもそも、ノエル自身も貴族である。俺のような一般国民が知らない、国の上層部の秘密を知っているのだ。

俺はノエルの話を聞いて、考える。

……貴族の利己的な行いに温暖化の原因があるのなら、それを止めることができれば、レピシアも魔界《ヘラ》と同じような生活しやすい気候になるんじゃないか？

そうなれば、空気中に水の魔素も漂《ただよ》うようになる。保《ほ》冷剤《れいざい》も簡単に調達できるようになり、クーラーボックス内の食材の保管期間をより延《の》ばすことができる。もしかしたら、常温保管も、ある程度は出来るようになるかもしれない。

涼しい樹海の中、根本的な原因が判明したことで、改めて俺は温暖化の解決方法について考えを巡《めぐ》らせたのだった。

それから数日後――

俺たちが取り組んでいた追憶《フォルニウム》の樹海の路網整備が、とうとう完了《かんりょう》した。

樹海の中を南北に貫《つらぬ》く道。綺麗《きれい》に舗装《ほそう》されており、国が整備した交易路に比べると細い道ではあるが、それでも人間が10人並んで歩けるくらいの幅《はば》は確保できている。商人が荷を運ぶことができるので、交易路としての機能は問題なく果たせるはずだ。

「やったね、ウィッシュ兄《にい》！　樹海の中、すっごく綺麗になったよ！」

「おう！　商人ギルドが担当していたルーヴィッチ側の道の整備も終わったみたいだから、これで交易路として機能するはずだ！」

「おめでとうございます、ウィッシュさん。この交易路を利用して、アークに多くの方々が訪《おとず》れるようになると良いですねっ。私たちも旅人の方々を歓迎《かんげい》するために、アーク内の設備を拡充《かくじゅう》させておきましょう」

「そうだな！　ノアにも色々と手伝ってもらうと思うから、引き続きよろしくな！」

「はい！」

「これまで以上に旅人や冒険者《ぼうけんしゃ》が来るようになるのは良いけど、変なヤツが来るのは勘弁《かんべん》してほしいわね」

リリウムの危惧《きぐ》は尤《もっと》もだ。以前、アークに高慢《こうまん》な役人が訪れて、住人に無茶《むちゃ》な命令をするという出来事があった。俺が追い払《はら》ってからは来ていないが、住人を困らせる輩《やから》が来ないとも限らない。

だが、その点に関しては対策もしてある。

「今いる衛兵さんに加えて、新たに聖騎士ガリウスを警護役に任命し、怪《あや》しい人物がアークに入るのを防いでもらう。それに、ノエルとパルもいるから治安に関しては大丈夫だ」

ガリウスはアークに来てから盾《たて》を新調し、再び聖騎士としての道を歩み出したのだ。

パーティーを守るタンク役として鍛《きた》え上げられたガリウスの力は、アークの警護役にピッタリだろう。普通《ふつう》の下級魔族《レッサーデーモン》や魔獣《まじゅう》くらいの来襲《らいしゅう》なら簡単に防げる。

「それなら安心ね。まぁ、この最強のリリウム様もいるしね！　何かあったら、私が守ってあげるわ！」

自信満々に、ふんぞり返るリリウム。

自慢《じまん》の氷雪系魔法を使えない状態のリリウムに、戦闘《せんとう》面での期待は全くしていない。

ただ、リリウムが、賢者《けんじゃ》ノエルと魔法使いパル、聖騎士ガリウスの３人を信頼《しんらい》してくれていることが嬉しかった。

「ワタシは樹海の道の掃除《そうじ》をするよぉ！　アークに来る人間さんたちが通る道を、いつも綺麗な状態にしておくのぉ！」

「ふふっ、ミルちゃん、ありがとうございますっ。ミルちゃんが道を綺麗にしておいてくれると、通った方々が気分良くアークに来てくださると思います」

「責任重大な役だな、ミルフィナ。任せたぞ！」

「うんっ！」

パーティーメンバーには各々《おのおの》できることをしてもらう。

みんなで支え合って、みんなでアークを発展させていくんだ。

◇◆◇◆◇◆◇◆◇◆◇◆

アークとルーヴィッチを結ぶ交易路が開通してから、しばらく経《た》った後――

アーク内の光景は以前と比べて激変していた。

「すごーい！　ここがアークかぁ！」

「ルーヴィッチと違って、ここは空気が美味《おい》しいなぁ」

「おい、あれがレイゾウコとかいう奇跡の食材保管庫じゃないか⁉　行ってみようぜ！」

アークを来訪した人々の興奮した声が聞こえてくる。

これまで、アークに立ち寄る人間は力自慢《ちからじまん》の冒険者ばかりだったのだが、今では非戦闘職の冒険者や商人、そして、観光目的の一般の方々まで来訪するようになっていた。

今現在、アークに滞在《たいざい》している人々の数は住人の数を超《こ》えており、村というより小さな町のような賑《にぎ》わいをみせている。

来訪者数が伸《の》びることは、ある程度予想していた。

ルーヴィッチの商人ギルド本部と直《ちょく》で取引契約《けいやく》を結んでおり、ギルドにも大規模工事を請《う》け負ってもらっていたのだ。その情報が冒険者たちの間で既《すで》に広まっているということは俺も耳にしていた。また、レピシアではクーラーボックスが普及《ふきゅう》し始めており、その開発者として俺の名が広がっていることも噂《うわさ》で聞いていた。

……ただ、俺の計算と少し違っていたこともある。

「あっ、あの！　すみません、貴方《あなた》が英雄《えいゆう》ウィッシュ様ですか⁉」

アークの変化を感慨《かんがい》深《ぶか》く眺《なが》めていると、俺は女性に声を掛《か》けられた。

「えっと……英雄ではありませんが、俺がウィッシュです」

「うわー！　本物のウィッシュ様にお会いできて、とても光栄です！　あ、あの、握手《あくしゅ》していただいてもよろしいでしょうか⁉」

「あ、その……えぇっと…………はい」

俺は恐縮《きょうしゅく》しながら、おずおずと右手を女性に差し出す。

握手を交《か》わすと、女性は感激したような声を上げた。そして、興奮した様子で御礼《おれい》を言って立ち去っていった。

……握手を求められたのは今日一日で何度目だろう。

「おぉぉぉ‼　あれが噂に名高い、英雄ウィッシュ殿《どの》か‼　鍛えられた逞《たくま》しい身体に、聡《そう》明《めい》な瞳《ひとみ》、まさしく英雄に相応《ふさわ》しい容貌《ようぼう》であるな！」

「うむ！　我らの街、ルーヴィッチを救っていただいた英雄殿は、やはり輝《かがや》いておられる」

「御恩《ごおん》に報《むく》いるため……微力《びりょく》ながら我々もウィッシュ殿へ力添《ちからぞ》えさせていただこう！」

俺の計算違い――

旅人たちが俺を崇拝《すうはい》するような目で見つめながら語っている、その内容。

アークの来訪者には、俺のことをレイゾウコやクーラーボックスの開発者としてだけでなく、ルーヴィッチに侵攻してきた魔王軍幹部を撃退した『英雄』として祀《まつ》り上げる者たちが多かったのだ。

そのせいか、こちらから頼《たの》んでいないのに、旅人や冒険者たちは自発的にアークの設備拡張に取り組んでくれていたりする。おかげで、土地の開墾《かいこん》や整地、新たな居住区域の新設など、日を追うごとにアークが発展していっているのだった。

中には、そのままアークに移住しようとしている者まで居て、自分の家を自分で建てている猛者《もさ》まで存在している。

アークのリーダーとして嬉しくもあるが、『英雄』扱《あつか》いはちょっと照れくさい。

俺が恥《は》ずかしがっていると、

「ウィッシュリーダー！　国の役人の方がお見えです！　ウィッシュリーダーとの面会を希望しているとのことで、何卒《なにとぞ》ご対応のほどよろしくお願いいたします！」

アークの衛兵が俺のもとへ報告にやって来た。

旅人だけじゃなく、今では役人さんがアークを訪れることも多くなっていた。もちろん、普通の役人さんだ。以前アークに来た、ローガンとかいう迷惑《めいわく》な役人ではない。

「ご報告ありがとうございます。これから伺《うかが》います」

俺は衛兵さんに答え、アークの入り口へと向かう。

戦うのが俺の本職ではない。アークの代表として、みんなの利益や幸せ、居場所を作り上げ、それを守っていくことが俺の役割である。

英雄ではなく、リーダーとして、商人として、役人さんの対応をするのだ。

俺は俺の役割を果たすため、気を引き締《し》めて役人さんのもとへ歩いて行った。

そうして役人さんと対面し、挨拶《あいさつ》を交わした後――

俺は役人さんにアーク来訪の感謝の意を示し、先日完成したばかりの執務室《しつむしつ》へと案内した。

「調度品もなく、殺伐《さつばつ》とした部屋で申し訳ありませんが、こちらへどうぞ」

「ありがとうございます！　失礼いたします！」

役人さんは威勢の良いハキハキとした口調で応えた。

執務室に入る際も、腰《こし》を綺麗に直角に曲げ、とても礼儀《れいぎ》正《ただ》しい態度をみせる役人さん。

まだ用件を伺っていないが、俺は少々驚《おどろ》かされていた。

目の前に座《すわ》った彼の普通の役人らしからぬ態度もそうだが……彼がニーベール共和国の方ではなく、リングダラム王国の役人さんだったからだ。

商人ギルド本部がある商人の街ルーヴィッチ。そのルーヴィッチはニーベール共和国の首都である。一方、リングダラム王国は、冒険者の街アストリオンに首都を置く、戦闘色の強い国なのだ。

交易路が整備された後に訪れた役人さんは、みな商取引の話をするためにアークにやって来た。そして、その全ての役人さんがニーベール共和国の方々であり、リングダラム王国の方は一人もいなかった。

　それもそのはず。

　交易路は、その名の通り、交易をするために整備された道だ。商取引や経済の話をするために、その道を通って遠路遥々《はるばる》アークを訪れるのだ。

　俺はリングダラム王国の役人さんと真っ当な取引の話をするのは初めてのことだったので、少し緊張《きんちょう》していた。

　これは、アークにとって大きなチャンスである。初の取引相手となるかもしれない大事な商談なんだ。まずは、慎重《しんちょう》に話を進めていこう。

「この度《たび》はアークを訪れていただき、誠《まこと》にありがとうございます」

「いえいえ！　こちらこそ、このような歓迎をいただき、感謝申し上げます！」

「アストリオンからですと、旅の疲《つか》れもあるでしょう。お身体の具合は大丈夫ですか？」

「全く問題ありません！　すこぶる快調です！」

「それは良かったです。新しくできた交易路に不便など感じなかったでしょうか？」

「そちらも全然問題ありませんでした！　魔の森と呼ばれた追憶の樹海《フォルニウム》の中を通っているとは思えないくらい、穏《おだ》やかな心地《ここち》で歩くことができました。道も綺麗に整備されていて、まるで遊歩道を歩いているような感覚でした！」

依然《いぜん》として元気良く答えてくれる役人さん。

初手の反応としては上々だろう。

いきなり用件を訊ねるのではなく、まずは雑談や世間話から入る。相手の性格や時間帯、環境《かんきょう》によっても対応方法は変わってくるが、今の状況《じょうきょう》であれば、この入《はい》りで問題ない。

相手は国だが、今俺が話をしているのは紛《まぎ》れもなく『人間』なのだ。心遣《こころづか》いや敬意、相手の人となりを確認《かくにん》することは、取引する上で重要なことである。国の窓口となる相手が信用できる人間かどうかで結果も変わってくるのだ。そして、それは相手にとっても同じことだろう。

また、相手が取引条件を承諾《しょうだく》しやすくなるよう、雑談中、「はい」や「大丈夫」、「問題ない」などのプラス方向の答えが返ってくるであろう質問を投げ、答えてもらう。

商談に入る前に、相手に『肯定《こうてい》』することに慣れてもらうのだ。

俺は、こちらの意見を通してもらうための下準備を今の段階から作っていた。

「そう仰《おっしゃ》っていただけて、責任者として嬉しいです」

俺はアークのリーダーとして話を続けようとしたのだが……、

「さすがは、あの英雄ウィッシュ殿が整備された道です！　私は王国に仕えて長くなるのですが、ウィッシュ殿のような偉大《いだい》な方とお会いするのは初めてで、大変光栄です！」

役人さんは、俺をアークのリーダーではなく、『英雄』として見ていた。

そう……先程の旅人のような崇拝の念が俺に向けられていたのだ。

なんか、思っていたのと全然違《ちが》う内容の話になってきそうな予感がする……。

「は、はぁ………え、えっと、それで、御用件《ごようけん》についてなのですが」

俺は方針を急転換《きゅうてんかん》させ、役人さんに直球を投げつけてみる。

「はい！　本日、私はリングダラム王より授《さず》かった感謝状をウィッシュ殿にお渡《わた》しするために、こちらへ参りました！」

「へ？　感謝……状？」

首を傾《かし》げる俺をよそに、役人さんは豪華《ごうか》な装飾《そうしょく》が施《ほどこ》された紙を差し出してきた。

「はい！　こちら、先日のアストリオン侵攻において、多大なる活躍をみせられたウィッシュ殿への王直々の感謝状であります！　どうぞ、お受け取り下さい！」

恐《おそ》る恐る差し出された紙を受け取ると、そこには堅苦《かたくる》しい文面とリングダラム王の名前と王印が押《お》されてあった。

……確かに、王からの感謝状に間違いなさそうだ。

俺には、先程までとは別種の緊張感が生まれていた。

リングダラム王からの感謝状など、普通の冒険者はおろか、数々の功績を上げた歴戦の冒険者でも貰《もら》うことができない代物《しろもの》だ。ましてや、俺のような一介《いっかい》の商人に授与《じゅよ》されることなど、聞いたことがない。

「なぜ、自分のような人間に国王様から感謝状が授与されるのか、正直よく分かっておりませんが……」

いくら魔王軍を撃退《げきたい》したからといって、国王が個人に対して何かするというのは異例中の異例だ。それも、わざわざアークに役人を派遣《はけん》してまで……。

「実は感謝状の他に、もう一つウィッシュ殿に御報告《ごほうこく》がありまして」

「？」

「この度、ウィッシュ殿に『勇者』の称号《しょうごう》が授与されることになりました！　こちら、リングダラム王国ならびにレピス教会の正式な決定となりますので、ウィッシュ殿には後日、称号授与式に参加していただきたく――」

……勇者!?　誰が!?　……俺が!?

その後、頭の中が真っ白になった俺は、役人さんの話をボーッと聞いていた。

後で分かったことだが、この役人さん………普通の行政部担当ではなく、リングダラム王の側近の方ということだった。

役人というより、王直属の武官と呼ぶほうが正しかったのだ。

……しかし、俺は、そんなことよりも自分の置かれた現状を理解するのに精一杯《せいいっぱい》だった。

◇◆◇◆◇◆◇◆◇◆◇◆

王からの感謝状を手に持って家に戻《もど》った俺は、さっそく仲間たちに事情を説明した。

「凄《すご》いよ！　ウィッシュ兄！　勇者って、人間さんの中で一番なんだよね⁉　ワタシ、お父様から聞いたことがあるー！」

ミルフィナは嬉しそうに言い、はしゃぎ回っている。

「おめでとうございます、ウィッシュさん！　王様から感謝状をいただいただけでなく、勇者の称号まで贈《おく》られるなんて……最高の栄誉《えいよ》ですよっ」

ノアもミルフィナ同様、喜んでいるようだ。

その一方で。

「……フーン？　勇者、ねぇ？」

リリウムは腕組《うでぐみ》をしながら無愛想《ぶあいそう》に呟《つぶや》いた。

「あー、リリィ！　ぜんぜん喜んでなーい！　ウィッシュ兄が勇者になるんだよ？　もっと喜んでよぉー！」

「私は勇者っていう言葉を聞いただけで吐《は》き気《け》がするのよ。それだけ、勇者ってのは魔族《まぞく》に忌《い》み嫌《きら》われてる存在なの。ウィッシュが、その勇者になるっていうんだから、そりゃ喜ぶわけないでしょ。むしろ勇者になって、何か得することがあるわけ？」

機嫌《きげん》悪そうにミルフィナに訊ねるリリウム。

「えっとぉ……勇者になるとね……えぇっとねぇ……」

ミルフィナは言葉に詰《つ》まってしまう。

「ほらっ、何もないんでしょ？」

「あ、あるもん！　えっとね、ウィッシュ兄が勇者ウィッシュって呼ばれるようになる！」

「いや、いらないでしょ……その呼び方。長くなる分、呼びにくいし……というか、仮にウィッシュが勇者になったとしても、私はウィッシュって呼ぶし」

別にウィッシュはウィッシュでしょ、と続けてリリウムは言った。

そんなリリウムの言葉に、俺は少しだけ嬉しい気持ちを覚える。

リリウムは俺のことを職業《クラス》や称号ではなく、一人の人間として尊重してくれているのだ。

「勇者になると新たに姓《せい》が与《あた》えられるから、名前は長くなるぞ」

「うっわ……良いこと何もないじゃん……そんな負の称号、マジでいらないわー。代わりに大量のブルベア肉を贈ってくれないかしらねー。絶対そっちのほうが良いわー」

高級肉を所望《しょもう》するリリウム。そんなリリウムの言葉に、ミルフィナも目を輝かせていた。

おそらく、ミルフィナは今のリリウムの発言で、勇者という称号が肉以下に成り下がったのだろう。軽すぎるぞ……勇者の称号……。

「でもさー？　姓があるっていうのは凄いことなんだよね？　転生者のノアお姉ちゃんも持ってるよね？」

それでも、一応ミルフィナは勇者特典を擁護《ようご》しようとしてくれているようだ。

「はい、織部《おりべ》というのが私の姓です。ですが、私の元居た世界《せかい》とレピシアでは、姓の価値や意味が全然違いますから……私の姓に関しては残念ながら参考になりませんよ」

「へー……そうなんだ……。でも、レピシアで凄いことなのは間違《まちが》いないんだよね？　お父様も言ってたしっ」

「姓持ちの冒険者は国やギルドから特別扱いされるからな。ギルドの依頼《いらい》を優先的に受注できたり、国営施設《しせつ》の利用代が割引されたりする」

姓を付与《ふよ》されると、他の冒険者や一般の国民からも一目置かれる存在になるのだ。

聖騎士ガリウス、賢者ノエル、魔法使いパルも全員が姓持ちである。もちろん、勇者レヴァンも。以前の俺は、パーティーで自分だけ姓持ちじゃないことに対しコンプレックスを抱《いだ》いていた。同じ活動をしてきて商人の俺だけが認められていなかったから……。

「今のウィッシュは、ギルドや国の施設を利用することなんかないでしょ。アークのリーダーなんだからさっ。それに、姓なんか、あっても煩《わずら》わしいだけよ？」

「んー？　なんかリリィ、姓に良い印象持ってなさそー？　リリィには姓があるの？」

魔族の姓か……そういえば、俺も聞いたことがないな。ただ、魔族の……というかリリウムのネーミングセンスが、人間とは大きくかけ離《はな》れていることだけは知っている……。

リリウムはリリウム。なんとなく、出会ってから、ずっとそう思っていたのだが。

「あるわよ？」

だから、リリウムの何気ない返答に俺はちょっと驚いてしまった。

「へー、どんな？」

魔族の姓に少し興味が湧《わ》いてきた俺は、なんとなく訊《たず》ねてみた。

「えっと………アルキエル・ザルザ・キュヴィエルス・エル・ムーガエル・フィーリア・ハルハーレ・ヴェラ・ルバフル・ウェルザーニア・フィン・イーグリィオン・リ・アルカリリス・メドゥキドゥナ・ビルアデナ・ヴァルヴァ・シャーレ・ルル・リリウム・フォン・オーギルン・ゼスト・ガンガロス・ラ・ララーデ・モーアキタ・ネムイ・ウァーレクト・シエル・ファーグタン・エルリー・マレ・アシュキリス・ルヴェルティ、よ」

「なっっっっっが!!　全然覚えられねぇわ!!　っていうか、『リリウム』どこにあったよ!?　なんか呪文《じゅもん》のような言葉の中に一瞬《いっしゅん》出てきた気がするけど……。あと、なんで名前が途中《とちゅう》に出てくるんだよ!?　どこ切り取ってんだよ!?　どういう法則だよ!?　それに最後の方、『もう飽《あ》きた眠《ねむ》い』って言ってただろ!?」

思わず怒涛《どとう》の勢いでツッコんでしまう。

「言ってない言ってない！」

「絶対言ってたわ！」

「そんなに言うなら、もう一回最初から言おうかしら!?」

「いい！　二度と言わなくていい！」

まるで睡眠魔法《すいみんまほう》を掛けられているようなリリウムの姓。何度も聞かされたら、それこそ本当に眠ってしまいそうになる。

自己紹介しただけで息を切らしそうになる魔族の姓名《せいめい》。リリウムの言う「姓があっても煩わしい」という言葉には説得力があった。

「それで、アークの皆《みな》さんへの報告ですが……どのように伝えましょうか？」

「報告？」

「ええ。ここはザッケン村時代からレピス教と距離《きょり》を置いている場所です。ゼブマン元村長を始め、住民の方々もレピス教を信仰《しんこう》していませんし、神の代行者とされる勇者に対しても良く思っていません。ザッケン村の名がアークに変わったとしても、住民の方々の信条は変わっていませんから……リーダーのウィッシュさんが勇者の座に就くというのなら、事前に話はしておいたほうが良いと思います」

ノアは神妙《しんみょう》な顔つきで言った。

ここは元々、アストリオンを追われた人々がつくった集落だ。俺やノア、リリウム、ミルフィナは種族、性別、信条を超《こ》えた絆《きずな》を大事にしているが、アークの住民全員が同じ気持ちとは限らない。

個人個人、それぞれが大事にしている気持ちがあるのだ。それを、いくらリーダーだからといって、俺の信条を皆に押し付けることはできない。そういう考え方の『自由』もアークには在っていいんだ。

ノアの配慮《はいりょ》にはノアの優しさが込められているが、この勇者問題については何も心配することはない。住民に報告する必要もない。

だって――

「俺、勇者にはならないぞ？」

勇者になる気なんて、これっぽっちも無いんだから。

「「ええええええええええ⁉」」

ノアとミルフィナが揃《そろ》って驚きの声を上げる。

「おぉー、さっすがウィッシュー！　やっぱり、名前が長くなるのは嫌《いや》ってことよね」

「いや、そこは別に良いけど」

リリウムみたいに長すぎるのは嫌だけど。

「ウィッシュさん、何か理由があるのですか？　先程のアークの皆さんのことなら、私は大丈夫だと思いますよ？　皆さん、勇者という存在は毛嫌《けぎら》いしていますけど、ウィッシュさんのことは大好きですし、尊敬していますからっ。ウィッシュさんが勇者になるというのなら誰《だれ》も反対しないと思います」

アークの人たちは優《やさ》しいからな。たぶんノアの言う通り、反対はしないだろう。歓迎もしないだろうけど。

しかし、俺が勇者を辞退する理由は他にあった。

「んっと、俺が勇者にならない……なりたくない理由は別にあってさ。ノアも知ってると思うけど、俺は元々勇者のパーティーで活動していたんだ。そんな俺にとっての勇者って、その時のパーティーリーダーである勇者レヴァン以外に考えられないんだよ。それに、俺《おれ》は商人としての自分に誇りを持っているし、商人としてレピシアを豊かにすることが昔からの夢だったんだ」

俺は勇者になりたかったわけじゃない。

姓が欲《ほ》しかったわけじゃない。

誰かに認めてもらいたかったわけじゃない。

ただ、純粋《じゅんすい》に、憧《あこが》れだった商人の祖父《じい》ちゃんみたいになりたかっただけだ。

その過程で、こんな素晴《すば》らしい仲間に出会うことができた。俺にとっては、この仲間こそが何よりも大切な宝であり、希望なんだ。

俺の称号なんか、どうでもいい。地位や名誉《めいよ》ではなく、俺個人を評価してくれる仲間がいてくれたら、それで充分《じゅうぶん》だ。それ以上は望まない。

「……ごめんなさい、そうでしたね。いきなりの勇者の話だったので私も舞《ま》い上がってしまいましたが、ウィッシュさんは私たちパーティーの頼《たよ》れる商人さんですっ。勇者への転向は必要ありませんでしたね」

「そうよ！　このケチケチ商人も、たまーには頼りになるんだからっ」

ケチは余計だ、ケチは。

「それじゃあ、ウィッシュ兄はアストリオンへは行かないの？」

「いや、王からの通達を無視するわけにはいかない。相手は国家だからな。直接赴《おもむ》いて、勇者の称号を辞退してくる。それに……」

「それに？」

ミルフィナが目を丸くさせて訊ねてくる。

「あ、えっと……何でもない。……まぁ、リングダラム王へは断りの挨拶に行くよ。めちゃくちゃ丁重《ていちょう》にな」

今日アークに来た役人さんに、その場で辞退を申し出ても良かった。しかし、そうしなかったことには理由がある。

勇者の称号授与式は、リングダラム王国の首都アストリオンにある王宮でおこなわれる。そして、その式には王だけでなく、王国の貴族たちも出席するのだ。

普段《ふだん》の生活の中では絶対に会うことができない階級の人間たち。その貴族たちに会える場――授与式こそが、俺にとって大きなチャンスの場だった。

◇◆◇◆◇◆◇◆◇◆◇◆

数日後――

俺、ノア、リリウム、ミルフィナの４人は、勇者の称号授与式に参加するためにアストリオンに来ていた。

正確に言うと、勇者の称号を辞退するために……だが。

緊張感を持ちつつ、俺たちが王宮へ歩みを進めていると、

「おおぉぉぉ!! 英雄ウィッシュ様だ!!」

「あの方が、先日の魔王軍部隊を壊滅《かいめつ》させた英雄殿か！ レヴァン様に代わり、新たな勇者に選ばれたとのことだが………うむ、真《まこと》の勇者に相応しい風格であるな！」

「もちろんよ！ ウィッシュ様は、あのクーラーボックスを開発して世に広めた方でもあるのよ？ お強いだけでなく、日々の生活でも私たちに貢献《こうけん》してくださっているの！ 素敵《すてき》だわ〜！」

アストリオンの冒険者や住民たちから、次々と声が掛けられた。そのどれもが俺を称《たた》える言葉ばかりで、なんだか気恥《きは》ずかしくなってしまう。

「フーン……凄い人気ね、ウィッシュ様？」

リリウムが邪悪《じゃあく》な笑《え》みを浮《う》かべて言ってくる。

俺の反応をみて、からかっているのだろう。

「茶化《ちゃか》すなって。俺は勇者にはならないんだ。俺たちがアストリオンから帰る時、あの人たちの反応も真逆になってるさ」

「そうかしらねー？　なんだか、異様な盛り上がりよ？」

俺を遠巻きに眺める人々は群れとなり、さながら英雄の凱旋《がいせん》パレードのような熱気が周囲に広がっている。

魔王軍に対抗《たいこう》できる、人類の最高戦力——勇者。

新たな勇者の誕生は、アストリオンの人々だけでなくレピシアに住む全人類にとっての吉報《きっぽう》であり、希望の光となっているのだ。

それに加えて、今では生活の必需品《ひつじゅひん》になるまでに浸透《しんとう》した『クーラーボックス』の開発者として、俺の名がレピシア中に広がっていた。

俺は慣れない大歓声《だいかんせい》に、気後《きおく》れしながら歩く。

すると、その時。

観衆の中から、一人の女性冒険者が俺の目の前に出てきて話《はな》し掛けてきた。

「英雄ウィッシュ様！　突然《とつぜん》のお声掛け失礼いたします！　私はAランク冒険者の戦士で、所属するパーティーのリーダーをやっております！　この度、ウィッシュ様が勇者になられるということで、是非《ぜひ》、私共のパーティーに加入していただけないかと思い、お声掛けさせていただきました！」

屈強《くっきょう》な女性戦士は片膝《かたひざ》を地面につけ、礼儀正しく言ってきた。

「え、えーっと……その……困ったな……」

まさか、このタイミングでパーティーに誘《さそ》われてしまうとは……。

俺が返答に窮《きゅう》していると、

「おい！　抜《ぬ》け駆《が》けは許さねーぞ！　ウィッシュの旦那《だんな》はウチのパーティーに入ってもらうんだ！　ウチは、もちろんウィッシュの旦那をリーダー待遇《たいぐう》で歓迎するぜ！　な？　いいだろ？　ウィッシュの旦那！」

「あなたたち、ウィッシュ様に失礼よ！　勇者のウィッシュ様を自分たちのパーティーに引き入れようだなんて、無礼だわ！　私たちはウィッシュ様のパーティーに入れてもらう立場でしょう？　ですので……ウィッシュ様、どうか私をパーティーに加えてくださいませ。必ず、ウィッシュ様のお役に立ってみせますわ」

女性戦士のパーティー勧誘《かんゆう》を皮切りに、続々と俺に声が投《な》げ掛けられた。

目の前では、俺をパーティーに誘う言葉だったり、俺のパーティーへの加入懇願《こんがん》だったりと、『勇者ウィッシュ』の勧誘合戦が繰《く》り広げられている。

以前は、「役立たず」と言われパーティーを追放された俺が、今では引く手数多《あまた》の状態となっている。不思議な感覚だ。

「……ウィッシュさん、凄い人気です」

「ウィッシュ兄が人気なのは嬉《うれ》しいけど、ワタシたちのもとから離れるのは絶対にダメだからね？」

ノアとミルフィナが心配そうな表情を向けてくる。

「安心しろ。俺のパーティーメンバーは、ノア、ミルフィナ、リリウムで既に決まっているんだ。他のパーティーに入るなんてこと、絶対にない」

俺が言うと、ノア、ミルフィナ、リリウムの3人は小さく微笑《ほほえ》んだ。

そして、俺は次々と現れる勧誘人に断りを入れながら、王宮へと向かった。


何十人という冒険者たちの勧誘を断り続けた後。

俺たちパーティーは、アストリオンの中心に堂々と建つ王宮へ辿《たど》り着いた。

授与式には貴族やレピス教会の人間が多数出席する。魔族のリリウムと女神《めがみ》のミルフィナは正体が知られたら厄介《やっかい》な事態になるので、王宮の外で待機してもらうことに。

厳重な警備のもと、衛兵に王宮内部へ案内される俺とノアの2人。

そうして連れていかれたのは、王宮最上階にある『王の間』であった。

「……とても煌《きら》びやかな場所ですね。さすがは、レピシアで最も国力があると言われているリングダラム王国の王宮です」

ノアが絢爛豪華《けんらんごうか》な室内を見渡《みわた》して呟く。

だだっ広い室内には高そうな装飾品《そうしょくひん》や絵画が飾《かざ》られており、入室した瞬間《しゅんかん》に庶民《しょみん》と貴族の違いを明確に自覚させられた。

俺はアークの殺伐とした執務室を思《おも》い浮かべ、この『王の間』との大きな差に、思わず笑ってしまう。

『王の間』には多くの貴族たちがおり、皆が俺に視線を集中させている。貴族たちは豪奢《ごうしゃ》な服で着飾《きかざ》っており、日々の農作業で傷《いた》んだ俺の服とは外見的にも対照的であった。

そんな慣れない雰囲気《ふんいき》に圧倒《あっとう》されながら、俺たちは玉座に座るリングダラム王の御前《ごぜん》へと導かれた。

「お初にお目にかかります、商人ウィッシュと申します。この度は、このような栄誉ある場への招待をいただきましたこと、誠に光栄に存じます」

俺は王に向け、深々とお辞儀《じぎ》をして挨拶の言葉を述べた。

身なりは庶民だが、礼儀《れいぎ》と忠節を以《も》って接しなければならない。アークのリーダーである俺にとっては、リングダラム王国は大きな商取引相手でもあるのだ。もちろん、王はそんなこと気にも留めていないだろうが。

「うむ、其方《そなた》がウィッシュ殿か。此度《こたび》は辺境の地から遠路遥々ご苦労であった」

リングダラム王が、長く伸《の》びた白い顎鬚《あごひげ》を揺《ゆ》らして語り掛けてきた。

俺は王と会うのは初めてだが、過去に国の行事などで遠くから拝見したことがある。これまで王に対しては「威厳《いげん》のあるお爺《じい》さん」という印象を抱《いだ》いていたが、実際に会っても、その印象は変わらなかった。

俺が王へ言葉を返そうとした時、

「ウィッシュ殿、よくぞおいで下さいました！　我々は新たな勇者殿の誕生を心待ちにしておりました！　ああ……今日は、とても素晴らしい……人類にとっての新たな旅立ちの日になることでしょう！」

王の隣《となり》に立っていた男性が話し始めた。

神に仕える神官のような出《い》で立ちの男は、仰々《ぎょうぎょう》しく両手を天に翳《かざ》している。

「……あ、あの方は」

男の姿を目にしたノアが、小さな呟き声を漏《も》らした。

「……知り合いか？」

俺もノアの耳元で囁《ささや》く。

「ええ……あの方は、レピス教会のトップ……教皇様です」

普段は人前に出ないレピス教の教皇。俺も見るのは初めてだった。

「なるほど……」

勇者になるための条件は複数あるが、その中でも特に重要なのが、レピス教会の決定――お墨付《すみつ》きだ。レピス教会が認めた者しか勇者に選ばれないのだ。

勇者は神レピスの代行者とも呼ばれ、その身にレピスの力を色濃《いろこ》く宿していると謂われている。ミルフィナに聞いたところ、それは「嘘《うそ》」であり、神レピスの力が与えられているのは、あくまでも異世界《せかい》からの『転生者』だけらしい。

しかし、真実はどうあれ、レピシアでは勇者と神レピスは近しい存在であるとされ、神レピスを信仰するレピス教会は、勇者の選定に関して絶大な影響力《えいきょうりょく》を持っているのだ。

そのレピス教の最高権威《けんい》である教皇が王の前に出て話を続ける。

「先代勇者が役目を終え、天へと旅立ったことで、力を持たない憐《あわ》れな私たちは同時に希望をも失いました。しかし！　神レピスは私たち人間を見捨てることはありませんでした。そう！　新たな勇者、ウィッシュ殿をレピシアへと召喚《しょうかん》なされたのです！」

教皇は当事者である俺ではなく、『王の間』にいる貴族たちへ向けて言っているようだ。

教皇の演説を聞いている貴族たちは、歓声《かんせい》と拍手《はくしゅ》を送っている。

レピス教はレピシアの人間の9割が信仰している巨大宗教《きょだいしゅうきょう》だ。それだけ巨大であるということは、レピス教会が人間社会に多大な影響《えいきょう》を与えているとも言える。経済、外交、行政といった国家規模のものから庶民の日々の生活に至るまで、幅広《はばひろ》くレピス教はレピシア人の中に浸透しているのだ。

国の代表である王様や貴族たちとも関係性は深く、レピス教会はレピシアを裏から牛耳《ぎゅうじ》っているとも噂されている……レピス教を信仰していない1割の人間たちから。

「…………」

ノアは、そんな教皇と貴族たちの様子を見て、怒《おこ》っているような悲しんでいるような……複雑な表情を浮かべていた。

転生者であるノアは、神レピスによってレピシアに召喚された本物の『奇跡《きせき》』だ。そんな奇跡の存在ノアは、レピシアに来た直後、レピス教会の人間と貴族たちに「無能力者」として蔑《さげす》まれ、アストリオンの街に身一つで捨てられたという辛《つら》い経験をしている。

おそらく、その時にノアを捨てた人物というのが、目の前にいる教皇や貴族たちなのだろう。今のノアの気持ちを考えると、俺も自然と感情が昂《たかぶ》ってくる。

そして、俺は貴族たちの拍手の音が鳴り止《や》んだのを確認し、静かに本題を切り出す。

「恐れながら申し上げます。私は本日、勇者の称号を受けに参ったのではございません。

誠に恐縮ではございますが、勇者の称号を辞退させていただきたく存じ、こちらに参った次第《しだい》であります」

「な、なんですと⁉」

先程《さきほど》まで芝居《しばい》がかったセリフを吐いていた教皇が、驚きの声を漏らした。

式に参列していた貴族たちからも、どよめきの声が上がっている。

「……ふむ。辞退の理由を申してみろ」

色めき立つ『王の間』において、唯一《ゆいいつ》平静を保っているリングダラム王。

淡々《たんたん》とした王からの投げ掛けに、俺も緊張感を強める。

「はい。まず、私は商人としての目標を達成できておらず、まだ道半ばであるということ。商人の道を中途半端《ちゅうとはんぱ》に投げ出すことはできませんし、したくありません」

俺が言うと、教皇の顔が見る見るうちに赤くなっていく。

「……ぐぬぬ」

歯を軋《きし》ませる教皇。その顔色は一瞬にして真っ赤になり、怒《いか》りの感情が表れているのが手に取るように分かる。

しかし、俺は教皇の変化に構わず、続けて理由を述べる。

「また、勇者の称号を頂戴《ちょうだい》するにあたり、納得《なっとく》できない事柄《ことがら》もございまして――」

「ええい!!　ごちゃごちゃと抜かしおって!!　勇者の称号はレピシア最大の栄誉であるぞ！　勇者の称号を授与することは既《すで》に決定事項《じこう》であり、其方に拒否権《きよひけん》はない！　有難《ありがた》く称号を受け取り、レピシアとレピス教会のために尽《つ》くしていくのが其方の務めである！」

教皇は俺の言葉を遮《さえぎ》って、怒り狂《くる》ったように叫《さけ》んだ。

「………………」

声を荒《あら》らげる教皇とは対照的に、王は眉《まゆ》一つ動かさず落ち着き払《はら》っている。

その一方で、勇者の称号の辞退を聞き、豹変《ひょうへん》する教皇と動揺《どうよう》する貴族たちの姿。

この場の光景によって、『勇者』という存在の本質が露《あら》わになっていく。

魔王《まおう》軍に対抗するための存在である勇者は、レピシア人にとっての希望である。勇者という強大な存在がいることによって、９割のレピシア人の心が安定するのだ。

そして、その勇者を選定し、生み出すのがレピス教である。

そう──

勇者の誕生は、レピス教会が人心を掌握《しょうあく》するための手段なのである。

もし、新たな勇者が現れなかった場合、人々のレピス教への信頼《しんらい》が低下し、教会の影響力は弱まってしまう。同時に、教会に近づいて甘《あま》い汁《しる》を吸っている貴族たちの実入りも減るだろう。それが、この場の「困惑《こんわく》」という空気に表れているのだ。

……と、ここまでが、ノアやミルフィナ、賢者《けんじゃ》ノエルたちから得た情報をもとにして俺が推察した内容である。

勇者の称号を辞退するというのは、それだけ大きな責任を伴《ともな》うことであり、今後のアークの活動にも悪影響《あくえいきょう》を及《およ》ぼしかねない大事な決断なのだ。

なんとしてでも、俺は教皇やリングダラム王を納得させる必要がある。王に話を聞いてもらえなければ、この授与式に来た意味がなくなってしまう。

国の中心人物が集《つど》う中で、温暖化の問題を提起する。そして、その先の未来について王に話す――それが、俺がこの場所へ赴いた理由………目的なのだから。

そんな俺の心情など知る由《よし》もない教皇は、捲《まく》し立てるように言葉を続けている。

「誰が何と言おうと、其方は勇者なのだ！　其方が勇者になるのだ！　急に姿を消したレヴァンに代わり、その役目を果たす義務があるのだ！　わかったな⁉」

さっき教皇は、先代勇者は天に旅立ったと説明していたが、心の内はコレなのだ。勇者レヴァンが突然行方不明《とつぜんゆくえ》になったから、急遽《きゅうきょ》、代わりの勇者を立てる必要に迫《せま》られた――これが今回の勇者選定の理由なのだ。

いわば、教会都合による急造勇者の祀《まつ》り上げ、である。

勇者は、戦闘《せんとう》能力が高く、人々から賞賛され功績が認められている人物の中から選ばれると言われている。しかし、それに加えて、教会がコントロールし支配できそうな人物、という条件も多分に含《ふく》んでいそうだ。

俺は、自分が勇者に選ばれたことに辟易《へきえき》してしまう。……が、今後のことを考えると、穏便《おんびん》に辞退の話を進めなくてはならない。

「教皇様の御意見《ごいけん》、お考えは私の心にも深く響《ひび》いております。ですが――」

俺が一世一代の発言をしている、その最中のことだった。

突然、『王の間』の扉《とびら》が乱暴に開かれ、大きな音が室内に響き渡った。

直後。

一人の男がカツカツという靴音《くつおと》を立てて、『王の間』に入室してきた。

男は、教皇の前へと歩いてきて――

「教皇よ。今世の勇者である僕《ぼく》を差し置いて勝手に勇者を増やすというのは、どういう了見《りょうけん》だ？」

堂々と言い放った。

男が言うと、『王の間』は瞬《また》く間《ま》に騒然《そうぜん》となった。

貴族たちは、まるで幽霊《ゆうれい》にでも遭遇《そうぐう》したかのような驚《おどろ》きっぷりである。

「な、な、な…………こ、これはどういうことだ⁉　な、なぜ、お主が居《お》るのだ⁉　魔竜《まりゅう》フォルニスに襲《おそ》われ、死んだと聞き及んでおるぞ⁉」

喧噪《けんそう》が広がる中、教皇は最上級の驚きを男にぶつけていた。

「レヴァン⁉」

男――勇者レヴァンを見て驚いていたのは俺もだった。

世間的には行方不明……一部では死んだとも噂《うわさ》されていた勇者レヴァンが、俺たちの前に姿を現したのだ。

「フンッ。新たな勇者が誕生したと聞いて来てみたら……まさか、こんな役立たず商人が担《かつ》ぎ上げられているとはな。いよいよもって世も末だな、教皇よ？」

レヴァンは俺を一瞥《いちべつ》し、挑発《ちょうはつ》するように言った。

「そ、そんなことはどうでもいい‼　それよりも！　お主、これまで一体どこに隠《かく》れておったのだ！　魔王軍が侵攻《しんこう》してきても現れず、勇者としての務めを全く果たしておらぬではないか⁉　そんな役立たずに、勇者の称号は預けられん‼　勇者の称号を剥奪《はくだつ》し、レピス教からも破門にする‼」

教皇はレヴァンを指差し、怒号《どごう》を叩《たた》きつけた。

「それは困るな。数々の勇者特権が使えなくなってしまう。教皇一人の勝手な言い分で称号を剥奪されるのは納得いかないな。王も同じ意見なのか？」

レヴァンがリングダラム王に問いかける。

「…………」

しかし、王はレヴァンの問いに返答せず、無言のまま玉座に座《すわ》っていた。

「フンッ。傀儡《かいらい》の王に決定権など無かったか。これは失礼した」

レピシア最大の国家であるリングダラム王国。その国のトップである王に悪びれることなく言い放つレヴァン。まるで、王が答えないことを知っていて、あえて質問したような態度である。

「レヴァン、それ以上は口を慎《つつし》め。最早《もはや》、お主に勇者としての資格はないのだ！　魔王軍に腰《こし》を抜かしたのなら、辺境の地にでも逃《に》げ隠れておれ！　お主に代わる勇者は既に誕生しておるからな！　腰抜《こしぬ》け勇者など、もう用済みだ！」

「その肝心《かんじん》の新勇者は、重圧に耐《た》えられず称号を辞退しているようだが？　腰抜けなのは、この役立たず商人と僕、果たしてどちらかな？」

「……ぐっ!!　減らず口を……ッ!!」

「事実を言っているだけだが？　僕のパーティーで使い物にならなかったヤツに、レピシアの平和を任せようなどと……リングダラムもレピス教会も地に堕《お》ちたものだ」

レヴァンは教皇とリングダラム王を見やり、鼻で笑うように言った。

無言を貫《つらぬ》くリングダラム王とは対照的に、教皇が意を決したように口を開く。

「……いいだろう！　そこまで言うのなら、分かった!!　レヴァンとウィッシュ、両者のどちらが真の勇者に相応《ふさわ》しいか、決闘《けっとう》で決めるとしよう！」

教皇が宣言すると、式に出席していた貴族たちに動揺が走る。

しかし、その後、場の動揺は期待感に変化し、すぐさま歓喜《かんき》へと移り変わった。

……レヴァンと決闘!?　なんか、俺が意図していた方向とは全然違《ちが》う方へ話が進んでいるんだが!?　俺は勇者にはなりたくないんだが!?

「フフッ。決闘か……僕としても、そのほうが分かりやすくて良《い》い。勇者に期待する人々も、より『強い勇者』を望んでいるだろうからな」

「いや、ちょっと待て!!　なんで、俺とレヴァンが戦わなくちゃならないんだよ!?　レヴァンが帰還《きかん》した以上、勇者はレヴァンで良いだろ。誰も文句は言わないさ。もちろん俺もな」

真の勇者を決めるとか、強い勇者を求めているとか、そもそも商人の俺には全然関係のない話だ。勇者じゃないんだから……。

「ウィッシュ、お前は相変わらず能無しだな。現に、文句を言っている人間が目の前にいるだろう？　そいつを理解《わか》らせなければ、話は前に進まない」

攻撃的《こうげきてき》な物言いをするレヴァン。なぜか、俺はそんなレヴァンに対し、仲間を導く『リーダー』のような雰囲気を感じ取っていた。

……俺が決闘に敗北した場合、勇者はレヴァンのまま変わらないだろう。そうなれば、俺への勇者の称号付与《しょうごうふよ》という話は無くなる。俺の望んだ通りの展開になるかもしれない。

俺の目的は、王や貴族たちに温暖化の問題やレピシアの未来の話をすることである。

しかし。

決闘に敗北し、勇者でも英雄《えいゆう》でもなくなった一介《いっかい》の商人の話に、誰が耳を傾《かたむ》けるだろう？

『強さ』や『肩書《かたがき》』が無ければ、貴族たちは話を聞き入れてくれないだろう。

ここはアークではないのだ。

郷《ごう》に入っては郷に従え――

異世界《せかい》の言葉が俺の脳内で響いた。

「…………仕方ないな」

俺が呟くと、隣に居るノアも覚悟《かくご》したように深く頷《うなず》いた。

「よし！　両者の同意が得られたので、これよりすぐ、アストリオンの闘技場《とうぎじょう》でレヴァンとウィッシュによる決闘を行うとする！　それで良いな、王よ？」

「…………うぅむ…………仕方ない。良いだろう」

教皇に促《うなが》されるように答えるリングダラム王。

レヴァンに傀儡と言われたように、王は教皇に導かれるまま大人しく従っていた。

国の代表よりも教会のトップのほうが権威も権力も強い——レピシアの歪《いびつ》な国家運営が垣間見《かいまみ》えたような気がする。

そして、俺とレヴァンの決闘がリングダラム王より布告されると、その日の内に全ての準備が進められたのだった。

◇◆◇◆◇◆◇◆◇◆◇◆

リリウムとミルフィナに事情を説明した後、俺たちはアストリオンの街中にある闘技場へと場を移していた。

円形の闘技場は、普段は兵士や冒険者《ぼうけんしゃ》たちの訓練場として使用されている場所だが、たまに余興などで利用されることもある。ただ、今回のような決闘——勇者の座を懸《か》けた1対1の闘《たたか》いが行われるのは異例の出来事だろう。

関心の高さからか、俺とレヴァンの決闘がアストリオン中に告知されて間もないというのに、闘技場の観客席は既に満員となっているようだった。

場内へ入ろうとする俺に、

「なんか、大事《おおごと》になってるみたいだけど……まぁウィッシュなら大丈夫よね！　昔の仲間か何か知らないけど、ガツンとやっつけてきちゃいなさい！」

「ウィッシュ兄〜、頑張《がんば》れ〜♪」

リリウムとミルフィナが陽気な口調で声を掛《か》けてきた。

「ウィッシュさん……どうか、お怪我《けが》だけはなさらないでください」

一方、俺に寄り添《そ》いながら、静かに話し掛けてくるノア。その落ち着いた表情から、不安や心配といった感情は抱いていないようにみえる。

ノアの俺への信頼の厚さを感じ、つい頬《ほお》が緩《ゆる》んでしまう。

充実《じゅうじつ》した感情に包まれていると、なんだか身体《からだ》の奥《おく》のほうが段々と熱くなってきた。

まるで、ノアから温かい光が注《そそ》ぎ込《こ》まれているような感覚に陥《おちい》る。

「……？」

そんな俺の様子をみて、珍《めずら》しくミルフィナが怪訝《けげん》な表情を浮かべていた。

「どうした？　ミルフィナ？」

「あっ、え、えーっと…………なんでもないよ！　えへへ！」

絶対に何かありそうな態度で答える幼女女神ミルフィナ。

ミルフィナのことだ、後で教えてくれるだろう。

「変なミルね。まぁ、なんでもないなら、私たちは観客席に行くわよ。ウィッシュ、頑張ってね！」

「ああ！」

そうして、俺はパーティーメンバーの後押《あとお》しを受け、場内へ入った。


俺が場内に入ると――

「英雄ウィッシュ様が入ってきたぞぉぉぉ!!」

「おおおおぉぉぉ!!　勇者レヴァン様と英雄ウィッシュ様の決闘、まさに人類史に残る頂上決戦だ!!」

「「「ウィッシュ！　ウィッシュ！　ウィッシュ！」」」

「「「レヴァン！　レヴァン！　レヴァン！」」」

観客席から大歓声が巻き起こった。

地鳴りのような歓声は、先日の魔王軍部隊が侵攻してきた時の地響《じひび》きよりも大きい。

観客席の中には、ノア、リリウム、ミルフィナの3人の姿も確認《かくにん》することができる。

「オレはレヴァン様に1万ルピ賭《か》けるぜ！」

「私はウィッシュ様に3万ルピ賭けたわ！　今は完全にウィッシュ様の時代よ！　なんたって、ルーヴィッチとアストリオン、二度も魔王軍を撃退《げきたい》したんだから！」

「俺もウィッシュ様に賭ける！　っていうか、俺はウィッシュ様に勇者になってほしい！　強さだけじゃなくて、クーラーボックスを開発してくれたっていう恩義もあるからな！」

勝者を賭けてる人もいるようで、場内は祭りのような賑《にぎ》わいである。

「……フンッ、気楽なもんだな」

円形の闘技場、その中心地点に立つ男――勇者レヴァンが、忌々《いまいま》しそうに言った。

「おいおい、誰のせいで、こんなことになったと思っているんだ」

俺はレヴァンの前に行き、皮肉をぶつけてやった。

「お前のせいだろ、ウィッシュ。役立たず商人の分際で目立つことをするから、こうなる。大人しく、レピシアの隅《すみ》で地味に暮らしていれば良いものを」

「いやー、俺としてはレピシアの隅で地味に暮らしていたつもりなんだが」

それが、気づけばレピシアの中心地で、勇者の座を懸けた決闘に参加してんだもんなー。

人生、何が起きるか分からない。

俺が達観した気分に浸《ひた》っていると、観客席の中で一際《ひときわ》目立つ豪華《ごうか》な装飾《そうしょく》が施《ほどこ》された席から男性の声が飛んできた。

「それでは、準備が整いましたので、これよりウィッシュ殿《どの》とレヴァン様の決闘を開始いたします！　なお、こちらの決闘に勝利された方に、勇者の称号《しょうごう》が与《あた》えられます！　皆様《みなさま》、勝者が決まった際には、大きな拍手で称えてくださいませ！」

威勢《いせい》の良い、ハッキリとした通る男性の声。聞いたことのある声だ。

見ると、声の主は先日アークに来た役人だった。そして、その隣には、リングダラム王と教皇が座っていた。

側近の声を合図に、俺とレヴァンは同時に武器を鞘《さや》から抜く。

直剣《ちょっけん》の切っ先を俺に向けるレヴァン。

対する俺は伐採《ばっさい》用ナイフを地面と平行にして構える。

「うおおおおお!!　とうとう始まるぞおおおお!!」

「ウィッシュ様!!　頑張ってー!!」

「負けるな!!　レヴァン様!!」

「「「ウィッシュ!!　ウィッシュ!!　ウィッシュ!!」」」

「「「レヴァン!!　レヴァン!!　レヴァン!!」」」

決闘の開始が宣言されたことで、観客のボルテージが一気に上がる。

「平和なもんだ………あんな能天気な連中や教会の腐《くさ》ったジジィ共を守るために戦うのなんか、こっちから願い下げだが………ウィッシュ──お前に負けることだけは僕のプライドが許さない」

レヴァンが言った直後。

軸足《じくあし》で地面を蹴《け》り上げ、超速《ちょうそく》で俺に向かって踏《ふ》み込んできた。

瞬《まばた》きをする間もなく──

俺の眼前にレヴァンの直剣の鋭《するど》い刃《やいば》が迫ってくる。

直剣の刃が太陽の光に反射し、一瞬《いっしゅん》、キラリと光る。

「つくぅッ!!　ハァアァアッツ!!」

俺は瞬間的《しゅんかんてき》に反射光に反応し、ナイフでレヴァンの剣攻撃《けんこうげき》に応戦。

直後、キィンという乾《かわ》いた高音が闘技場に響き渡《わた》る。

俺のナイフがレヴァンの直剣を弾《はじ》き返した音だ。

「「オオオオオオオォォォ!!」」

初撃の応戦を見た観客から、割れんばかりの歓声が上がる。

「ッチ」

苛立《いらだ》ったように舌打ちをするレヴァン。

レヴァンの攻撃《こうげき》は、尋常《じんじょう》じゃない速度と正確さ……そして思い切りの良さだった。初動の攻撃として完璧《かんぺき》なタイミングでもあった。

ナイフを握《にぎ》る俺の手も、攻撃を弾いた反動でビリビリと痺《しび》れがきている。

しかし、俺は心の中で違和感《いわかん》を覚えていた。

——あの勇者レヴァンの攻撃にしては、威力が弱い。

俺の知っている勇者レヴァンの力は、こんなもんじゃない。

レヴァンの武器は、勇者自慢《じまん》の剣《けん》だ。それに対して、俺の得物は伐採用のナイフである。普通《ふつう》に戦《や》り合ったら、俺のナイフなど、弾かれるどころか粉々に粉砕《ふんさい》されても不思議ではない。俺のナイフは、本当に「普通のナイフ」なのだ。武器ですらない。

それなのに、弾かれたのはレヴァンのほう……。

そして——俺は《希望の光《ウイッシング・ユー》》も使用していないのだ。

さっき、攻撃する際に俺が狙《ねら》いを定めたのは《希望の光《ウイッシング・ユー》》による光ではなく、ただの反射光である。

「………おい、レヴァン。まさか手加減してるわけじゃないよな？」

聞きようによっては煽《あお》りにも取られかねない俺の質問。

「…………」

レヴァンは、怒りもせず笑いもせず、無表情の顔を俺《おれ》に向けてきた。

レヴァンの性格を考えると、「お前如《ごと》きが偉《えら》そうに言うじゃないか」とか言って、俺を嘲笑《ちょうしょう》してくるかと思ったのだが。

俺は違和感を覚えながらもレヴァンの様子を注意深く窺《うかが》い、次の攻撃に備える。

すると、レヴァンは再び剣を構え、俺に攻撃を仕掛《しか》けてきた。

先程の軌道《きどう》とは違う、別角度からの剣閃《けんせん》が飛んでくる。

「ハアッッッ――!!」

直後、またしても互《たが》いの剣戟《けんげき》が交わる音が闘技場に響く。

俺は初撃に続き、レヴァンの二撃目の攻撃も普通に防いだ。

しかし、二撃目の攻撃を弾かれたレヴァンは、今度は続けて三撃、四撃と連続攻撃を繰り出してきた。

その全ての攻撃を俺はナイフで弾き返す。

剣戟の反響音《はんきょうおん》が消えると、再び観客席から大歓声が湧《わ》き上がる。

「おおお!! ウィッシュ様、すげえええ!! あのレヴァン様の攻撃を完全に防いでるぜ!!」

「あの貧弱《ひんじゃく》なナイフ一本で、ここまで戦えるなんて凄《すご》すぎるわ‼」

「こりゃ、勝負はウィッシュ殿の勝利で決まりだな‼」

観客の声は、俺を称賛《しょうさん》するものばかりだった。

「…………」

興奮する観客とは対照的に、終始落ち着きをみせるレヴァン。

そうして――

レヴァンの攻撃を俺が弾くという、焼き増しのような攻防《こうぼう》が暫《しば》く続き、

「……ッチ……ッ――」

とうとう、攻撃側《こうげきがわ》のレヴァンから声が漏れ出てきた。

漏れているのは声だけではない。

レヴァンの額からは汗《あせ》も流れてきていた。

それに加えて、表情も必死な形相になっている。鬼気《きき》迫《せま》るというような、まさに全力の死闘《しとう》を繰り広げているような表情である。

手加減をしている、などということは絶対にない。それが分かるレヴァンの表情だった。

「ウィッシュ兄、すごーい！　あんなに攻撃されてるのに、ぜんぜん疲《つか》れてないよー！」

「まぁ、この私がいるパーティーのリーダーだからね～、あのくらいは当然よ！」

「…………」

観客席からは、ミルフィナとリリウムの大きな応援《おうえん》が聞こえてくる。リリウムのは応援かどうか疑わしいけど。

ノアだけは、真剣《しんけん》な表情で俺とレヴァンの決闘を見守っていた。

何か思い詰《つ》めたようなノアの表情。その表情が、なぜか俺の目の前にいるレヴァンと重なって映った。

「……ハァ……ハァ…………ハァ……ッ……余裕《よゆう》そうだな、ウィッシュ」

息を切らしながらレヴァンが訊《たず》ねてくる。

「そんなことはない」

「どうかな、僕の目には余裕そうに見えるが？　とても勇者の称号を懸けた闘いに挑《いど》んでいるとは思えないぞ」

「そりゃそうだ。俺はレヴァンと違って、勇者の座に固執《こしつ》していないからな。むしろ、それどころか俺は勇者にはなりたくないんだから。レヴァンとは、ハナからモチベーションが違うんだ」

「……フンッ、そうだったか」

吐《は》き捨てるように言うレヴァン。

「勇者の座を懸けた崇高《すうこう》な決闘に臨《のぞ》む気持ちとして無礼だ……とか思っているのなら、それは見当違《けんとうちが》いだぞ。そもそも、俺は目的が違って――」

「見当違いなのはウィッシュ、お前のほうだ」

「どういうことだ？」

「僕は勇者の称号になど執着《しゅうちゃく》していない」

レヴァンの口から出たのは、全く予想だにしない答えだった。

「え……」

思わず、俺は気の抜けたような声を出してしまった。

レヴァンが勇者の座に拘《こだわ》っていない？

それが本当なら、この決闘自体が全く意味のないものになってくるぞ？

「意味が分からない、といった顔だな。そういう愚鈍《ぐどん》なところも相変わらず腹立たしい」

レヴァンは無表情のまま言う。

「いや、そんなことを言われても……マジで意味が分からないぞ……」

「勇者のことなんか、どうでもいいのさ。僕は……ただ、お前が気に食わないだけだ。商人のお前が僕よりも称賛されるのが気に食わない…………………それだけだ！」

そう言ってレヴァンは、最大限の力を込めて剣を振《ふ》り下ろしてきた。

だが、そんな渾身《こんしん》の一撃《いちげき》も、俺のちっぽけなナイフによって弾かれる。

「レヴァンが俺を毛嫌《けぎら》いしていることは知っているさ。パーティーから追い出されたんだ、そのくらいは俺だって分かってる。身に染《し》みて感じてるさ」

パーティーを追放された直後は本当にショックだったからな。

俺はレヴァンを始め、メンバーのことを好きだったし信頼もしていたから。

「………お前、パーティーを追放されてから、何をしていた」

自分の渾身の攻撃を防がれたのにも拘《かか》わらず、レヴァンは淡々と話を続ける。

「ん？　田舎《いなか》で農作業したり、色んな実験をしたり……それから魔族《まぞく》の世界《せかい》に行ったりもして……あぁ、あと魔王軍との戦闘にも参加したりしたな」

「田舎……あの辺境の村か」

「あー、そういえば、前にレヴァンも来たことがあったな。今はアークって名前になって、俺が村のリーダーをやってるんだ」

「なんで商人のお前がリーダーなんだ。役立たずのくせに」

自然なトーンで言い放つレヴァン。あまりに自然な口ぶりなので、挑発でも煽りでもなく、言葉の内容が本心だと伝わってくる。

そんなレヴァンに対し、

「俺は役立たずじゃない」

強い意志を持って断言した。

「なんだと？　ちょっと周りに持ち上げられているからって、調子に乗っているのか？」

「違う。俺は、俺ができることをして、ちゃんと村に貢献《こうけん》している。もちろん、住民や仲間たちも、全員が自分の役割を果たして村のために働いてくれている。役立たずの人間なんか一人も居ないんだ」

アークの皆《みんな》は俺を認めてくれている。パーティーメンバーも俺を認めてくれている。

固い絆《きずな》で結ばれた俺たちに、役立たずという概念《がいねん》は存在していないのだ。

「だが、お前は一人じゃ何もできないだろう。そんな奴《やつ》がレピシアを導くなど、僕は認めない。僕は、お前をリーダーとは認めない。勇者とは認めない」

レヴァンの無機質な話し方は、なにか感情がこもっていないように感じる。

「ああ。レヴァンの言う通り、俺は一人じゃ何もできない。仲間が居なきゃ、俺はただの冴《さ》えない商人だ」

「…………」

レヴァンは微動《びどう》だにせず、じっと俺を見つめてくる。

俺は、そんなレヴァンの態度に構わず言葉を続ける。

「でも！　今の俺には、信頼できる仲間が居る！　仲間たちが居てくれるから、俺はリーダーとして活動できているんだ！　俺ができないことは、できる仲間がやってくれる。仲間ができないことは、俺がやる。そうやって、仲間同士助け合って生きていく、それが俺たちの居場所――アークなんだ！」

「……………仲間……信頼……」

「ああ、そうだ。信頼できる仲間内において、リーダーなんてものは所詮《しょせん》一つの役割に過ぎない。分かりやすい記号でしかないんだ。俺は、そう感じている」

「……お前にとっては、勇者も記号でしかないということか……フンッ、まぁ、どうでもいいが。いい加減、くだらない話に時間を割《さ》き過ぎたな。そろそろ決着をつけるとしよう」

レヴァンは再び剣を構え、戦闘態勢に移る。

次が最後の攻撃。

次の攻防で、この決闘の幕が下ろされる。

覚悟を決めたレヴァンの表情や全身から漲《みなぎ》るオーラなど、ここが勝負の決する局面であることは間違《まちが》いない。

観客席からも、一際大きな声援《せいえん》と歓声が聞こえてくる。
しかし、それでも俺は《希望の光《ウィッシング・ユー》》を使用しようとは思わなかった。
レヴァンを侮《あなど》っているわけではない。
生死を懸けた勝負だったら、迷わず使用するだろう。
ただ——この決闘においては、最後までフェアな条件でレヴァンと勝負したかった。

俺が唯一憧れ《ゆいいつあこが》れた男。勇者レヴァン。
勇者パーティーに勧誘《かんゆう》された時、心の底から嬉《うれ》しかった。
勇者パーティーを追放された時、心の底から悲しかった。
歓喜、期待、絶望、禍根《かこん》……過去の全ての感情を振り払い——新たな希望を作り出す！
そのために、俺は正々堂々と目の前の男と対峙《たいじ》するんだ！

俺はナイフを強く握り締《し》め、レヴァンの攻撃に備えた。
観客席も静まり返り、全ての視線が俺とレヴァンの最後の攻防に集中する。
完全な静寂《せいじゃく》に支配される闘技場。
そうして、永遠にも感じられる静寂の時間が流れる。

レヴァンからは攻撃の気配が感じられない。

「…………どうした、レヴァン。来ないのか？」

痺れる緊張感《きんちょうかん》の中、俺は一切《いっさい》視線を外さずにレヴァンへ向けて言った。

「最後くらい、お前から攻撃してこい」

レヴァンは突《つ》き放《はな》すように答えた。

この決闘中、一度も俺からは攻撃していない。

ここにきて、あの勝気で攻撃的なレヴァンが防御《ぼうぎょ》に回ろうとしている。

何か策があるのだろうか？

冷静にレヴァンの様子を窺うが、特に変わった仕草等《など》は確認できない。

――考えても無駄《むだ》だ。

「わかった」

ここまできたのなら、やるしかない！　俺の全力をぶつけよう！

俺は決意を固め――軽く息を吐き、呼吸を止める。

そして、その直後には、レヴァンに向けて疾走《しっそう》し、一瞬で間合いに入り込んだ。

「――ッ!!」

俺の勢いに圧倒《あっとう》されたのか、レヴァンは咄嗟《とっさ》に防御姿勢を取る。

おそらく、レヴァンの狙いはカウンター！

俺の攻撃を弾いてから、必殺の攻撃を放つつもりだろう。

しかし、それは俺も同じ。

ガードしているレヴァンの剣を一撃目で弾き、体勢を崩《くず》した直後のタイミングで、ガラ空きになった身体に二撃目を放《ほう》り込む。

俺がレヴァンの剣を弾くか、レヴァンが俺の攻撃を弾き返すか――この勝負、一撃目で趨勢《すうせい》が決まる！

レヴァンの剣に『光』は視《み》えない。

『光』は無くても、俺のチカラで未来を切り拓《ひら》いてみせる！

「これが俺たちの想《おも》いだ‼　受け取れぇぇぇぇぇぇぇぇぇ‼」

攻撃に、ガリウス、ノエル、パルの３人分の想いを乗せ、レヴァンの剣へ……レヴァン自身へ向けて、俺はナイフを上から下へと振り下ろす。

持てる全ての力と気持ちを込めた俺の攻撃――

「なっ⁉」

体勢を崩しながら驚きの声を漏《も》らすレヴァン。

俺のナイフは、レヴァンの剣を完璧な形で弾いていた。

《希望の光《ウィッシング・ユー》》を使用していないので、剣を折ることはできなかった。

しかし、これ以上ない絶好の攻撃機会を作り出すことに成功。このままレヴァンの身体に一撃を入れれば俺の勝ちだ。致命傷《ちめいしよう》にはならないだろうが、決闘の勝敗はつく。

そして、俺は剣を弾いた勢いのまま、レヴァンの懐《ふところ》へ向けて最後の一撃を放つ。

――その時だった。

ナイフ攻撃がレヴァンの身体に到達《とうたつ》する、その直前。

ナイフの刃の先……攻撃目標であるレヴァンの身体の一点が、小さく光《ひか》り輝《かがや》いた。

「ッ⁉」

……な、なんだ、これ⁉

俺は戦闘中《希望の光《ウィッシング・ユー》》を一度も発動させていない。だから、攻撃対象に『光』が出現することはないはず……‼

思考が追い付かないが、既《すで》に攻撃は繰《く》り出してしまっている‼
ダ、ダメだ‼
クソッ‼　と、止められねぇええええ‼
刹那《せつな》の刻《とき》に生まれた脳内指令に俺の身体は反応できず、無情にもナイフ攻撃が『光』に向けて放たれてしまった。

威力は並以下の伐採用ナイフによる攻撃。
しかし、攻撃を受けたレヴァンは、
「ぐっ、ぐはあああああああああっっっ!!」
大きな音を立てて、背中から地面に倒《たお》れてしまった。
レヴァンの断末魔《だんまつま》が闘技場内に響き渡った直後、場内に一層の静寂が広がる。
決闘の勝敗はついた。
だが、勝者に拍手《はくしゅ》は送られず、歓声《かんせい》も上がらない。
場は異様な空気に包まれていた。
遠くからでも分かる完璧なまでのクリティカルヒット。
俺はレヴァンに致命傷を負わせてしまったのだ。
……な、なんで……『光』が⁉
い、いや！　今は原因よりも、治療《ちりょう》が先だ!!
「ノアーーー!!　頼《たの》む!!　急いで来てくれ!!」
瞬間的に、俺は大声でノアの名前を呼んでいた。
静まり返る観客席から、慌《あわ》てた様子でノアが駆《か》けつけて来る。
ノアを追うように、ミルフィナとリリウムもやって来た。

「こ、これは…………ッ――」

地面に倒れるレヴァンを見て、絶句するノア。

レヴァンは息も絶え絶えで、瀕死《ひんし》の状態だった。

「…………」

そんなレヴァンをミルフィナは無言で見つめていた。

「ちょ、ちょっと……ウィッシュ、これ、どういうことよ!? 決闘って、命を懸けた闘いだったの!?」

「違う!! 理由は後だ!! ノア、頼む!! 《導きの光《ロード・ヒール》》をレヴァンに使用してほしい!!」

「え……で、でも……私には……チカラが……」

ノアは顔を横に振って、項垂《うなだ》れてしまう。

「頼む!! レヴァンは俺にとっても、レピシアにとっても大事な存在なんだ!!」

そんなレヴァンを自分の手で死なせてしまったら――俺はこの先、アークの仲間たちと共に笑って暮らすことはできない。ガリウス、ノエル、パルにも顔向けできない。

「で、ですが…………先日の魔王軍侵攻《まおうぐんしんこう》の際……私のチカラは発動せず……役に立たなかったのです……よ……」

ノアは言葉を絞《しぼ》り出すように言った。哀《かな》しそうに、悔《くや》しそうに。

「大丈夫、ノアは細かいことは一切《いっさい》気にしなくて良いから。全ての責任は俺が負う。これは全部、俺の責任だから……」

俺はノアの両肩《りょうかた》に手を乗せ、静かに語り掛けた。

一拍《ぱく》置いて――

ノアは複雑な表情をしたまま、小さく頷いた。

そして、ノアは地面に両膝《りょうひざ》をつき、倒れたレヴァンの身体に両手を乗せる。致命傷となった箇所《かしょ》――右胸に。

「……お願いします……どうか、傷が塞《ふさ》がってください……お願いします……お願いします……っ!!」

呪文《じゅもん》のように「お願いします」と繰り返すノア。

しかし、レヴァンの身体に変化は見られない。

「ダメ、なの……?」

リリウムが険しい表情で声を漏らす。

「ダメじゃない!!　ノアならやれる!!　俺はノアを信じてる!!」

無力で何もできないのは俺のほうだ。自分の責任を仲間のノアに押《お》し付けることしかできない。

俺は自分の無力さを我慢《がまん》できず、気づいたらノアの背中に手を当てて叫《さけ》んでいた。
すると、その直後——
ノアの身体が光り始めて、レヴァンの右胸に乗せていた両手からも光が溢《あふ》れ出した。
これは、《導きの光《ロード・ヒール》》の発動サインだ！
「…………!?」
その光景を見て、真っ先に驚《おどろ》きの反応を示したのが女神《めがみ》ミルフィナだった。
ミルフィナは、ノアだけでなく俺の身体もジーッと見つめている。
その後、しばらくの間、俺たちは固唾《かたず》を呑《の》んで状況《じょうきょう》を見守った。
やがてノアから漏れ出していた光が消え、闘技場内が平常時の明るさに戻《もど》る。
「成功したの!?」
声を上げるリリウムに、思《おも》い詰めた表情を浮《う》かべたまま沈黙《ちんもく》するノア。
リリウムの投《な》げ掛けに応えたのは、
「いったい……何が……起きた……？」
ゆっくりと起き上がったレヴァンだった。
その瞬間《しゅんかん》、俺たちは一斉《いっせい》に抱《だ》き合って喜んだ。
俺たちだけじゃない。状況が分からず、これまで遠くから傍観《ぼうかん》していた観客たちからも歓声が上がった。

こうして――

俺とレヴァンの勇者の称号を懸けた決闘は、最後の俺の攻撃が『事故』ということで処理され、中途半端《ちゅうとはんぱ》な形で幕を閉じた。

観客が帰った後の闘技場内。

「――ということで、勇者の称号については、後日、正式な形でお二方へご連絡《れんらく》いたします！」

王の側近である役人さんが、俺たちのもとへ来て説明した。

「そんな連絡は要《い》らない。今日で僕《ぼく》は勇者を辞《や》めるからな」

淡々《たんたん》とした口調で告げるレヴァン。

「なんですと⁉　そ、それは、どういうことですか⁉」

「どうもこうもない。僕から説明するまでもないだろう」

レヴァンは傷一つない自分の身体を動かして、不思議そうな顔をしている。その素振《そぶ》りや口調から、勇者のことなど全く興味ないように感じられた。

「レヴァン様が辞退されるのであれば、勇者はウィッシュ殿ということになりますが……」

役人さんの視線が俺へと移る。

「俺も辞退させていただきます。最初から申し上げているように、俺は勇者になる気はありませんから」

そもそも、この決闘《けっとう》自体、別の目的を果たすために受けたものなのだ。

「そんな……」

「それに、俺は勇者に相応《ふさわ》しくありません。自分のチカラをコントロールできない人間など、レピシアを救うどころか、周りの仲間たちにも迷惑《めいわく》を掛けてしまいます」

俺の返答に、役人さんは頭を抱《かか》えてしまう。

「うぅむ……これは困りましたな……。この件につきましては、改めて王と教皇様へお伺《うかが》いしてから――」

役人さんが話を先送りにしようとした時。

「その必要はない」

突然《とつぜん》、役人さんの後ろから男性の声が飛んできた。

皆が、一斉に声の主のほうを見やる。

「リングダラム王⁉」

俺たちの視線の先には、この国の代表である王が立っていた。

そして、王は従者の一人も連れず、無防備な状態のまま俺たちのもとへ歩いてきた。

「………………」

そんな王様に冷ややかな視線を送るレヴァン。

リングダラム王はレヴァンの態度を気に留めることなく、話し始める。

「勇者の称号は強制するものではない。ウィッシュ殿が辞退するというのなら、それで構わぬ」

「え⁉　本当に良《よ》いのですか⁉　教皇様も同意なされたのですか⁉」

王の側近である役人さんは、自らが仕える王の言葉よりも、レピス教会のトップである教皇の意向を気にしているようだ。

「教皇の考えなど知らぬ。大事なのは、ウィッシュ殿の気持ちのほうだ」

「そう仰《おっしゃ》られましても……もし、教皇様の反感を買ってしまった場合、後々大変なことになりますよ⁉」

「構わぬ」

「教皇様の機嫌《きげん》を損《そこ》ねてしまったら、貴族の方々も黙《だま》っていませんよ⁉」

「教皇や貴族は自分たちの既得《きとく》権益を守りたいだけだろう。そんな大人たちの自己保身のために、希望ある若者の進む未来《みち》を狭《せば》めてしまうわけにはいかぬ」

「そ、それは……そうですが……しかし……」

王の返答を聞き、動揺《どうよう》する側近。

その一方で、

「……っふ」

レヴァンは笑《え》みを零《こぼ》していた。

王権よりも優位に立つ教皇権。これまでの話の内容から、王や文官たちは教皇や教会の人間の言うがままに動かされていたことが分かる。

それが、今、王は自らの意志で、言葉で、俺たちに語り掛《か》けてきたのだ。

王の意図や思惑《おもわく》、理由は分からない。でも、俺は目の前のリングダラム王を、直感的に信頼《しんらい》できる人物だと感じ取っていた。

「リングダラム王、私の気持ちを尊重していただき、誠《まこと》にありがとうございます」

「礼など要らぬ。ウィッシュ殿には、やるべきことがあるのだろう。国や教会の都合などに振り回されず、成すべきことを成すが良い。きっと、それがレピシアのためでもある」

「……はい。私の目標はレピシア中を豊かにすることです。都市だけでなく、田舎の村々に至るまで……全てのレピシア人が幸せに、平和に暮らせる世界《せかい》をつくりたいのです。そのためには、先程《さきほど》リングダラム王が仰った、貴族の方々の『既得権益』——転生者がもたらした特別な知識や技術を利己的に使用するのを止《や》めさせるべきです。レピシア中に広がる温暖化の波は、いずれ世界《せかい》に悪影響《あくえいきょう》を及《およ》ぼしますよ」

俺は王に向け、『本題』を切り出した。

黙って俺の話を聞いていたリングダラム王は、聞き終えた瞬間、静かに空を見上げた。

そして、ゆっくりと俺に視線を戻し、口を開く。

「温暖化か……その問題については、私も前々から知っておった。その原因についても。ただ、私も自らの保身を考え、これまで対策に乗り出すことができなかった。だが、しかし！　ウィッシュ殿を見ていたら、私も自分の成すべきことをやらねば、と思うようになったわ！　こんな若いウィッシュ殿が、リーダーとして立派に村を導き、奮闘《ふんとう》しているのだ。私も、退位前に一つくらい未来の懸念《けねん》を潰《つぶ》さねば、一国の長として恥《は》ずかしい」

そう言って、王は苦笑いした。

王は、これまでの王としての自身の働きに後悔《こうかい》の念を抱《いだ》いていたのかもしれない。

しかし、今、俺の目の前で熱く語るリングダラム王の表情は、希望に満ち溢れていた。

何か吹《ふ》っ切れたような表情にも見えた。

「もし助けが必要な時は、私がすぐに駆けつけますよ。勇者ではなく、一人の人間、ウィッシュとして」

「うむ！　それは心強い！　そして、いつの日か、ウィッシュ殿の村の住人が、安心してリングダラム王国を訪《おとず》れられるようになることを願っておる。そのためには、レピシアを平和な世界《せかい》にしなくてはな」

アークの住人は、魔王軍侵攻後の動乱によって、ここリングダラム王国を追われた過去がある。王は、そのことを知っているのかもしれない。

アークの人たちが抱えるリングダラム王国への不信と軋轢《あつれき》。それらが全て解消された未来を見てみたい――俺も王と同じ気持ちを強く抱いていた。

実現には時間が掛かるかもしれない。でも、諦《あきら》めてはいない。

アークだけじゃない。レピシア……そして、魔界《ヘラ》に暮らす魔族、それら全ての者たちの平和を実現させるのだ。

「レピシアの平和のためには、魔族との戦争を終わらせることが何よりも重要でしょう」

「そうだな……重要で、そして、それは非常に難しい問題でもあるな」

「私は人間と魔族の融和《ゆうわ》を目指しています。これからも、そのための活動を続けてまいります」

俺が宣言すると、

「…………うむ」

王が短く頷《うなず》いた。

対立している相手との融和を図《はか》る俺の言葉。普通であれば、国の代表が同意することはない。俺の理念は、公《おおやけ》には容認《ようにん》できないだろう。

でも、王は俺の言葉に応えたのだ。

たとえ小さな頷きであっても、これは人間と魔族にとっての大きな一歩である。

俺たちパーティーメンバーは全員で顔を見合わせ、小さく微笑《ほほえ》んだのだった。


その後。

リングダラム王が俺たちに挨拶《あいさつ》をして闘技場《とうぎじょう》を去ってから――

帰り支度《じたく》をしているノア、リリウム、ミルフィナを遠くから見つめて、

「不思議なパーティーだ」

レヴァンがボソッと呟《つぶや》いた。

「ん？　なにがだ？」

俺もレヴァンに釣《つ》られて、ノアたちの方を見やる。

「冴えない商人、元魔王《まおう》、女神……そして、奇跡《きせき》の存在、転生者か……」

どうやら、リリウムたちの正体はレヴァンに勘付《かんづ》かれていたようだ。

また、レヴァンは意識していないだろうけど、俺への修飾語《しゅうしょくご》が「役立たず」から「冴えない」に変わっていた。

「……さすがだな、レヴァン。ノアたちの正体、分かっていたのか」

「フンッ、僕を誰《だれ》だと思っているんだ。教会から加護を受けた……勇者…………いや、もう勇者ではなかったか」

勇者の任を降りたレヴァンの顔は、どこかスッキリとした表情にみえる。

「その件だけど……さっきは済まなかったな……俺の不注意で、レヴァンに怪我《けが》をさせちまった」

「…………」

レヴァンは相槌《あいづち》を打たず、無言のまま俺の話を聞いている。

「もちろん、俺はレヴァンとの決闘に勝ったとも思ってないし――」

「当然だ。僕がお前のような商人に負けるはずがないだろう」

「あ、ああ………だからよ、もし再戦するなら、いつでも言ってくれ。次は、お互いが納得《なっとく》できる形で決着をつけようぜ」

きっと、レヴァンは今回の結果に納得いっていないはずだ。禍根を残したまま解散するのは、俺としても本意ではない。

負けん気の強いレヴァンは、すぐにでも再戦すると言うだろう。

そう考えていたのだが。

「フンッ……お前のそういうところが嫌《きら》いなんだよ」

いきなり毒を吐かれてしまった。

「え……」

「勇者になってからの僕は緩《ゆる》いクエストばかり請《う》け負って、鍛錬《たんれん》を疎《おろそ》かにしていたようだ。今回、それを痛感した。次に会った時は、今日のような無様な格好は見せないからな。覚《かく》悟《ご》しておくことだ」

レヴァンは自身の身体《からだ》と俺の身体付きを見比べて言った。

鍛錬か……そういや、俺はレヴァンのパーティーに居た頃《ころ》と比べると、筋肉量が増えた気がする。

まぁ、毎日キツい農作業を頑張《がんば》ってるし……それに、望んでもいない魔王軍討伐《とうばつ》クエストを何度も請け負っているからな……死線を潜《くぐ》り抜《ぬ》けたことで、自然と緊迫《きんぱく》した戦闘《せんとう》にも慣れてしまっていたのかもしれない。

そうして、レヴァンは別れの挨拶もせず、俺に背を向けて闘技場から去ろうとする。

「おい、レヴァン！　これ、使っておけ！」

俺は咄嗟にウエストバッグから小瓶《こびん》を取り出して、レヴァンに放り投げた。

「⁉」

小瓶を受け取ったレヴァンは、さすがに驚きの表情を浮かべている。

「それ、錆落《さびお》としだ！　お前の剣《けん》、ちょっと錆《さ》びついてるから、それ使って手入れしておけよー！」

俺が言うと、レヴァンは黙って小瓶を見つめた。

「…………フンッ」

そして、いつもの鼻笑いをした。

いつもの相手を見下すようなレヴァンの笑い。

しかし――

今のレヴァンの笑いからは、満足気な感情が伝わってきた。

いつもの睨《にら》みつけるような鋭《するど》いレヴァンの視線が、今は不思議と温かく感じる。

俺が初めて勇者レヴァンと出会った時の『あの瞳《ひとみ》』――希望に満ち溢れ、輝いていた瞳。

あの時の『光』がレヴァンの瞳に蘇《よみがえ》っていた。

今回の件を通じて、俺は勇者と勇者に纏《まつ》わる国と教会の歪《いびつ》な関係性を知った。

もしかしたら、レヴァンは、これまでに国や教会との関係に苦慮《くりょ》していた経験があるのかもしれない。俺《おれ》が知らなかっただけで、レヴァンは勇者パーティー時代、裏で色々と苦労していたのかもしれない。

今回の『決闘』。レヴァンは、煩《わずら》わしい関係性を断《た》ち切るために……俺に勇者の称号《しょうごう》を託《たく》すために挑んできたのではないか……。

闘技場を去り行くレヴァンの後ろ姿を見て、思う。

出会った時から既に勇者だったレヴァン。

俺にとっての勇者は、今も昔もレピシアで一人――

レヴァンだけだ。

三章　進化と深化

レピシアの広大な大地の中で陸の孤島《ことう》と化していたアーク。

資源に乏《とぼ》しく、冒険者《ぼうけんしゃ》も寄り付かない辺境の村。

――しかし、それは昔の話。

「ウィッシュ兄《にい》！　みてみて！　あそこに新しいお店ができてるよぉ！」

ミルフィナが瞳を輝かせて言う。

「ほんと凄《すご》いな……ここ最近で一気に増えたよな」

アークの光景を見渡《みわた》して、俺は感嘆《かんたん》してしまう。

俺とミルフィナ、二人でアークの中を歩いているのだが、最近の村の変化には驚かされるばかりである。

アークには一軒《けん》も存在していなかった『店』が建てられ、土だった地面の一部が石敷《じ》きになったり、移住者が増えたことから村の居住区画が増設されたりもしている。

最早《もはや》、村というよりは『町』のような規模になりつつある。

発展の大きな要因は、やはりルーヴィッチとの間で結ばれた交易路の存在だろう。交易路が開通してからは毎日のようにアークを訪れる人たちがいて、移住希望者の数も倍々に増えていっているのだ。

「あっ！　お金《ルピ》ちゃんと使ってるね！」

店内の様子をみて、ミルフィナが嬉しそうに言った。

『ルピ』の使用を一部解禁したことも、アークの発展に寄与《きよ》していた。レピス教に反抗《はんこう》する意味で、これまでアーク内で一切使用してこなかったレピシアの基《き》軸《じく》通貨である『ルピ』。

その『ルピ』の使用を、俺がリーダー権限で解禁したのだ。

保有している『お金《ルピ》』を投げ出してまでアークに移住しようとするのは少数派だろう。そう考えた俺は、少しでも移住のハードルを下げるためにルピを導入したのだ。

他国との商取引でも使用するし、旅商人との個人的な売買でも使用するので、ルピ導入に関しては必然だった。

ルピを受け入れてくれたアークの住人たちには本当に感謝している。

スムーズに通貨取引へ移行できたことも発展の要因だろう。今までは、物々交換《ぶつぶつこうかん》や労働を対価に取引していたアークの住民が、すぐに通貨取引に慣れてくれたのだ。

こうした様々な変革により、アークは大きな発展を遂《と》げていたのだった。

――アークの見回りを一通り終えたところで。

「そういえば、ウィッシュ兄。今日はワタシに何の用だったの？」

ミルフィナが不思議そうに訊《たず》ねてきた。

俺はリーダーとしてアークの小さな変化に一早く対応できるよう、いつも一人で見回りを行っているのだが、今日は俺からミルフィナを誘《さそ》って連れ出していたのだ。

「んっと……さ」

俺が言い淀《よど》んでいると、ミルフィナが顔を覗《のぞ》き込《こ》んできて……、

「ウィッシュ兄のチカラのこと？」

あっけらかんとした表情で言い放った。

「あ……ああ、そうだ。その件について訊《き》きたいことがあるんだ」

幼いミルフィナに心情を見透《みす》かされていると思うと、なんだか恥ずかしい気分になる。

それと同時に、たまに女神っぽくなるミルフィナは、やはり神様なのだなと実感する。

「決闘の時のこと？」

俺に《希望の光《ウィッシング・ユー》》を授《さず》け、チカラの感覚を共有しているミルフィナには、全て悟《さと》られて

いるのだろう。俺の悩《なや》みも、おそらくは……。

「ああ………俺は、あの決闘の時、《希望の光》《ウイッシング・ユー》を発動させていなかったんだ。それにも拘《かか》わらず、レヴァンに大怪我《おおけが》を負わせてしまった」

「………」

俺の話に黙って耳を傾《かたむ》ける女神ミルフィナ。

「俺が自分のチカラを制御《せいぎょ》できなかったせいで、大変な事態を招いてしまったんだ。ノアのおかげでレヴァンは助かったけど、俺の責任は重い……」

「………」

「俺のチカラ――《希望の光》《ウイッシング・ユー》の今の状態について、ミルフィナが知っていることを俺に教えてくれないか⁉　あんなこと……二度と起こすわけにはいかないんだッ‼」

俺は力を込めて言い、ミルフィナに詰《つ》め寄った。

「……ウィッシュの気持ちはよく分かるよ。でも……えっとね……あの時、ウィッシュ兄は自分の能力を制御できていなかったわけじゃないんだよ」

ミルフィナは、まるで子供に物を教えるような口ぶりで告げてくる。

「ん⁉　どういうことだ⁉　俺が最後にレヴァンに攻撃《こうげき》しようとした瞬間、間違いなく『光』が視《み》えたんだぞ⁉　それで、その『光』にナイフ攻撃が直撃《ちょくげき》してレヴァンは致命傷を負ったんだ。俺の意思とは関係なく、な……」

いつもだったら、攻撃する前に、俺が自分の意思で《希望の光《ウィッシング・ユー》》を発動させる。そして、相手の情報が頭に流れ、弱点箇所が小さく光るのだ。

今回の場合、レヴァンの情報は流れて来ず、攻撃した後に『光』が突然発生した。これまでの能力発動の時とは明らかに様子が異なっていた。

「あの決闘の時にウィッシュ兄が視《み》た『光』は、これまでの《希望の光《ウィッシング・ユー》》の能力とは少し違《ちが》う性質のものなんだよ。あれは…………ウィッシュ兄の進化した能力によるもの――」

「俺の……進化した能力⁉　知らない間に《希望の光《ウィッシング・ユー》》が進化していたのか⁉」

これまでにも、俺のチカラは進化を重ねてきた。

最初にチカラが目覚めた時は、相手の弱点箇所が小さく光るだけだったが、その後、ミルフィナがエネルギーを摂取《せっしゅ》するにつれて、段々と俺の能力が進化していったのだ。

生物だけに反応していたものが無機物にも反応するようになり、今では使用対象者の細かい情報までをも知ることができるようになっている。

それが、俺が自覚しないままに、さらなる進化を遂げていたのか？

「うん……ワタシも感知できてなくて、ウィッシュ兄に伝えるのが遅《おそ》くなっちゃった……

……ごめん」

ミルフィナは申し訳なさそうに頭を下げた。

「それは構わない……おそらく、ミルフィナにも感知できない領域があるんだろう。ただ、分かる範囲《はんい》で能力の情報を教えてほしい！　俺たちの助けとなるチカラなのか、それとも……ただ相手を傷つけるだけのチカラなのか……それを知っておきたいんだ！」

あらかじめ自分の能力のスペックを知っておかないと、大変なことになる。

色々と能力の実験をおこなって、安全性を確認《かくにん》しておかなければならない。じゃないと、あの決闘の時のように、自分の意思とは関係なく相手を傷つけてしまう。

大きなチカラは、それを使用する時、大きな覚悟と責任を持たなければならない。それができないなら、俺はただの魔物《まもの》——怪物《かいぶつ》と変わらなくなってしまう……。

自然と額から冷たい汗《あせ》が流れてくる。

俺は緊張しながらミルフィナの答えを待った。

そうして。

ミルフィナの口から出た、俺の新たな能力は——

「ウィッシュ兄の進化した能力は、『弱点付与《ふよ》』だよ」

今までの性能と、明らかに性質が変わっていた。

「弱点……付与⁉　それって、つまり……俺が相手に弱点を付けられるってことか？　弱点じゃない箇所に強制的に？」

「うん」

……マジか……なんて滅茶苦茶《めちゃくちゃ》な能力だよ……。

相手の弱点を看破したり、情報を収得したり……これまでの《希望の光《ウィッシング・ユー》》は、ただ使用するだけなら相手に直接的な被害《ひがい》を及ぼさなかった。

使用者である俺が「情報を得る」という、補助的な能力だったのだ。

しかし、弱点付与となると性質が変わってくる。

――これは、完全な状態異常攻撃だ。

「そうか……レヴァンは、別に右胸が弱点だったわけじゃないんだ……俺の『弱点付与』によって、弱点にさせられたってことか」

「うん。ウィッシュ兄のナイフ攻撃が当たる箇所……そこが弱点に変化したんだよ。強制的にね」

……なるほど、凄い能力だ。

実戦で使用した感覚も残っているので、進化した能力の凄さが実感できる。

でも——

「俺の意思に関係なく発動するなら、全く使えない能力だ。攻撃したら相手に確実に致命傷を負わせる能力なんて、人間相手には絶対に使えないぞ」

下級魔族《レッサーデーモン》のような魔造《まぞう》兵器相手なら問題ないだろうが。

能力発動を自身でコントロールできないなら、今後、俺は下級魔族《レッサーデーモン》以外とは戦闘できないということになる。レヴァンとの再戦も無理だ。

「そのことなんだけどね……」

ミルフィナが言いづらそうに口を開く。

「うん？」

「ウィッシュ兄の『弱点付与』能力は、まだ完全には覚醒《かくせい》していないみたいなんだよ。だから、ウィッシュ兄の意思に関係なく、無自覚な状態のまま発動しちゃったんだ。決闘の時、あることに刺激《しげき》されて急に発動しちゃったんだと思う」

「へ？　あることって何だ？」

いつも即答《そくとう》してくれるミルフィナが、珍《めずら》しく俺の問いかけにモジモジしている。

なんか、良くないことなのかな……。

「んっとね……まず、今回の能力進化なんだけど……実はワタシ経由での進化じゃないいんだよ。別の存在によって、ウィッシュ兄の眠《ねむ》れるチカラが刺激されたの。だから、ワタシの感知が遅《おく》れちゃったんだけど……」

「え？　別の存在って……そんなことあるのか？　俺の能力に影響《えいきょう》を及ぼす存在なんて、女神のミルフィナ以外に居ないと思うんだけど……」

俺の疑問に対する答えは、すぐにミルフィナが言ってくれた。

「ノアお姉ちゃんだよ」

——俺が全く想像していなかった答えを。

「は⁉　ノアが⁉　ノアには、他者の能力を進化させるチカラも備わっていたのか⁉」

奇跡の存在である転生者は、様々な能力を保有している。転生者のノアは《導きの光《ロード・ヒール》》以外にも、俺の知らないチカラを秘《ひ》めていたということなのだろうか⁉

「んーん。ノアお姉ちゃんの転生者としてのチカラは《導きの光《ロード・ヒール》》だけだよ。転生者は、お父様に一種類の能力しか与《あた》えられないから」

「じゃあ、どういう理屈《りくつ》で……？」

「今回の進化はね……どっちかと言うと、ウィッシュ兄側の問題だと思う」

「……へ？」

「ウィッシュ兄さ、前にワタシが言った御先祖様《ごせんぞ》の話は覚えてる？」

ミルフィナから説明された俺の先祖——ひい祖父《じい》ちゃんの話か……。

「ああ……ひい祖父《じい》ちゃんが異世界《せかい》出身の転生者って話だよな。覚えてるぞ、衝撃的《しょうげきてき》な内容だったからな。信じられないって気持ちが強いけど……」

というか、あまりに非現実的過ぎて実感が湧《わ》かず、未《いま》だに俺の中で処理しきれていない問題でもあった。

ひい祖父《じい》ちゃんが転生者ということになると、その血を受け継《つ》いでいる俺は転生者の末裔《まつえい》ということになる。生まれも育ちもレピシアの俺には、異世界《せかい》の知識もなければ親近感もない。だから、ミルフィナの話を聞いた後も事実を受け入れられず、なるべく自分の血筋のことは考えないようにしていた。

「ウィッシュ兄が戸惑《とまど》うのも理解《わか》るよ。でも、ウィッシュ兄とワタシの繋《つな》がりが深くなったことで、ウィッシュ兄の中に流れる転生者のオーラがヒシヒシと伝わってくるんだよ。ワタシも神だからね、転生者の匂《にお》いには敏感《びんかん》なんだー」

匂い……か。たしか、俺たちが初めてノアと会った時、ミルフィナはノアにレピス神の匂いを感じ取っていたんだよな。それと似たようなモノなのだろうか。

「まぁ……俺が納得するしないは、ひとまず置いといて。その……俺の中の転生者のオーラってやつと、ノアが何か関係しているのか？」

「うん。ウィッシュ兄、決闘の前にノアお姉ちゃんとお話してたでしょ？　あの時、二人の転生者の血が刺激し合って、お互《たが》いのチカラが共鳴しちゃったんだよ。その結果、まだ進化段階じゃなかったウィッシュ兄の《希望の光《ウィッシング・ユー》》にも影響が出ちゃったんだ」

「なるほど……」

神、神が召喚《しょうかん》した転生者、そして神から加護を授かった人間、これらは互いに反応し合う関係にある、と。それで、俺とミルフィナの関係性が深くなるにつれ、ノアとの結びつきも知らず知らずの内に強くなっていたというわけか……。

なんだか、自然と胸の鼓動《こどう》が速くなるのを感じる。

「それで、ここからが重要なんだけど……」

「……ん？」

俺にとっては、これまでの話も凄く重要な内容だったのだが。

「ノアお姉ちゃんの《導きの光《ロード・ヒール》》が、この間の魔王軍防衛戦で発動しなかった理由が分かったの」

「本当か!?　あの完全治癒《ちゆ》能力の発動条件が分かれば、今後の俺たちの活動方針も変わってくるぞ!?」

致命傷《ちめいしょう》だろうが心停止だろうが、完璧《かんぺき》に治癒してしまう奇跡のチカラ――《導きの光《ロード・ヒール》》。

もしかしたら、不治の病と言われているギール病でさえも……。

俺は、魔族と人間との戦争の原因にもなっている魔界《ヘラ》の難病のことを頭に思い浮かべる。

「《導きの光《ロード・ヒール》》が問題なく使用できていた時、いつも近くにはウィッシュ兄が居たの。でも、あの防衛戦の時……ノアお姉ちゃんはウィッシュ兄と別々の場所で戦ってた。……つまり、ノアお姉ちゃんの《導きの光《ロード・ヒール》》は、ウィッシュ兄が近くに居ないと発動しないんだよ」

え………俺の存在が……発動条件……？

「それは……状況的《じょうきょうてき》には、そうかもしれないけど……」

にわかには信じがたい。

……というか、俺が転生者の末裔って話と同じくらい実感が湧かない。

「それだけじゃない。この間、ノアお姉ちゃんが《導きの光《ロード・ヒール》》を使用した時、ウィッシュ兄からチカラが注《そそ》ぎ込まれているのをワタシは視たんだよ。ワタシとウィッシュ兄が加護のチカラで繫がっているように、ウィッシュ兄とノアお姉ちゃんも転生者のチカラで繫がっているんだ」

今のミルフィナの言葉は女神のお告げである。

俺の実感とか体感なんかよりも、遥《はる》かに信憑性《しんぴょうせい》が高いのだ。

……ここは冷静に事実関係を把握《はあく》するべきだな。

俺はパーティーのリーダーでもあるのだ。個人的な感想を重視するわけにはいかない。

「……ふむ」

「ウィッシュ兄の『弱点付与』と同じで、ノアお姉ちゃんの《導きの光《ロード・ヒール》》も、まだ完全には覚醒していない。今はウィッシュ兄に刺激されて一時的に使用できているだけ……だから、ウィッシュ兄が近くに居ないと発動できないの」

「ってことは、ノアが転生者として完全に覚醒したら、俺が居なくても《導きの光《ロード・ヒール》》を自由に使えるってことか？」

「うん」

「そうか………できれば、ノアのチカラを覚醒させてあげたいよな。自分の自信にもなるだろうし」

ノアは自分が役立たずだと……出来損ないの転生者だと、そう言っていた。もちろん、俺たちパーティーメンバーやアークの住民たちは、ノアのことを心の底から頼《たよ》れる仲間だと思っている。でも、ノア自身は自己評価が低く、自己肯定感《こうていかん》が弱かったりする。

もし、ノアが真《しん》に転生者として覚醒することができたなら、少しは自分のことを認めてあげられるのではないか。

魔界《ヘラ》の難病――ギール病の件もあるが、まずはノア自身の心に巣食った「後ろ向きな感情」を治して、自信を持ってもらいたい。

「できるよ？」

「……え？　なにを？」

「ノアお姉ちゃんの覚醒」

ミルフィナが、さも簡単そうに告げてくる。

先程まで漂《ただよ》っていたミルフィナの女神《めがみ》オーラは消えており、今は完全に子供の雰囲気《ふんいき》に戻《もど》っている。

「どうやって⁉」

「ウィッシュ兄と、より深く結びつけば良いんだよ」

「……ん？」

心臓の鼓動が一段と速くなる。

「ウィッシュ兄とノアお姉ちゃんが仲間以上の関係になるってこと！　えっとお……人間さんの間では何ていうんだっけ……えーっと……えーっと……」

「…………」

ごくり。

ミルフィナの答えを待つ間、思わず生唾《なまつば》を呑《の》み込んでしまう。

そうして——

「あっ！　そうだ！　恋人《こいびと》さんだ！」

ミルフィナは無邪気《むじゃき》に言ったのだった。

◇◆◇◆◇◆◇◆◇◆◇◆

ミルフィナから衝撃《しょうげき》の発言が飛び出した翌日の昼。

……どうして、こうなったのだろう。

俺は勇者パーティーを追放されて以来、最大の窮地《きゅうち》に立たされていた。

「ウィッシュさん、本当に良いのですか？」

ノアが自然体で訊ねてくる。

「……ん…………ああ、大丈夫だ」

俺は自分でも分かるくらい不自然な態度で答えた。

「でも……なんだかミルちゃんとリリウムさんに申し訳ないです。今日の私のお仕事、まだ残っていたのですが……」

「仕事のことなら気にしなくていい。そもそも、あの二人からのクエストだからな」

「クエスト？」

首を傾《かし》げるノア。

「あっ、いや！　な、なんでもない！　今の俺の言葉も気にしなくていいから！」

「？　は、はぁ……ウィッシュさんが、そう仰るなら……」

ノアは不思議そうな表情を浮《う》かべながらも、それ以上は訊いてこなかった。

……危ない危ない。

俺は内心で冷や冷やしていた。温暖化しているレピシアにおいて、今の俺の身体は局地的に冷え切っていた。

俺が人生最大級に狼狽《ろうばい》している理由。

それは、現在の状況《じょうきょう》にあった。

ミルフィナにノア覚醒の条件を聞いた昨日の夜のこと。

俺とミルフィナは、リリウムにもノアの件を相談したのだが……。

リリウムは話を聞くや否《いな》や、「それなら私に任せなさい！」と嬉《うれ》しそうに言い、俺に『クエスト』を授けたのだった。

その後、リリウムとミルフィナの女子二人組は俺を置き去りにして、一晩中盛り上がっていた。

そうして、今朝、女子二人組が俺に与えた『クエスト』というのが――

『ノアをデートに誘い、二人きりで過ごす』という超高難易度《ちょうこうなんいど》クエストだったのだ。

リリウムたちは、俺とノアの今日の仕事を代わりに引き受けてくれたのだが……。


……この『クエスト』のほうが、普段《ふだん》の仕事よりも遥かに大変だぞ⁉

ノアを半ば無理矢理《むりやり》に誘い出した俺は、既《すで》に精神力の大半を削《けず》られていた。

「――それでさ……ノアは、どこか行きたいところはあるか？」

誘い出したと言っても、まだ家の中から外に連れ出した最序盤の段階である。

行き先も目的も、何も決めていない状態なのだ。

最終目標はリリウムとミルフィナから託されているのだが……。

「え……私の行きたいところ……ですか？　えっと……特には、ありませんけど……」

ノアは困ったような表情をしている。

俺が誘い出した時から、終始ノアは困惑《こんわく》しているようだった。

「うーん……」

困っているのは俺も同じだった。

……さすがに唐突《とうとつ》過ぎるよなぁ……こういうのって、前もって考えてもらっといたほうがスムーズに話が進むと思うのだが……。

俺は心の中で、農作業中の女魔族に対して文句をぶつけていた。

このクエストに臨《のぞ》むに当たって、俺はリリウムから色々と助言を受けていたのだが、『とにかく強引《ごういん》に』というフレーズを何度も聞かされた。その上で、ノアの意見を聞きつつ、ノアが喜ぶことをしてあげなさい、とも。なかなかに実行のハードルが高い助言である。

ノアの喜ぶことが分からないので行きたいところを訊ねてみたのだが……いきなり躓《つまず》いてしまったようだ。

「あの……」

途方《とほう》に暮れていたところ、ノアから声が掛《か》けられた。

「うん？」

行きたい場所を思いついたのかな？

「……ウィッシュさんが行きたいところは、どこですか？」

「へ？　俺の？」

「……はい。私、ウィッシュさんが行きたいと思っている場所へ行ってみたい……です」

少し照れたように言うノア。

「俺の行きたい場所かぁ……」

これは思わぬ回答が飛んできたぞ……。困ったな……そんなの全く考えていなかった。

今日の主役はノアだ。

だから、ノアが喜ぶことが何なのかを探《さぐ》っていたのだ。それが、まさか逆に俺の意見を求められるとは…………正直、混乱度は先程《さきほど》以上に増している。

「………………」

気のせいだろうか。ノアも緊張《きんちょう》しているような？

まぁ、いきなり二人きりで外出しようと言われたのだ、身構えてしまうのも無理はない。

ここは俺が緊張を解いてあげないと。

多少、『強引』にでも話を進めよう。

「そうだなぁ、日帰りで行ける場所だと――」

俺がフォルニスに乗って行ける範囲内《はんいない》にある街名を挙げると、

「私も行ってみたいですっ」

ノアは嬉しそうに答えてくれた。

こうして、俺とノアは二人で…………いや、二人＋フォルニスで小旅行に出かけることになった。

◇◆◇◆◇◆◇◆◇◆◇◆

目的地の街に到着《とうちゃく》し、俺とノアがフォルニスの背中から降りるや否や、

「じゃあ、テキトーな頃合《ころあ》いになったら、戻ってくるからよー」

フォルニスは竜状態のまま近くの山へ飛んでいってしまった。

「フォルニスさん……ミルちゃんがいれば、一緒《いっしょ》に街に入ることができたのですが……」

フォルニスを人型化させるにはミルフィナの女神パワーが必要である。

そのミルフィナだが、今は農作業を頑張っている最中だろう。

「フォルニスは基本的に人間の街に興味ないようだからな。自然豊かな場所で落ち着いて過ごしたいんじゃないか？」

レピシア最大規模の都市であるアストリオンでさえ、竜種《りゅうしゅ》のフォルニスにとっては退屈《たいくつ》な場所らしい。賑《にぎ》やかな場所であればあるほど、フォルニスは嫌《いや》がる傾向《けいこう》にあるのだ。

「そうですか……」

寂《さび》しそうに答えるノア。

ノアは少数での行動よりも、パーティーみんなで賑やかに過ごすのが好きなようだ。元いた世界《せかい》では病気を患《わずら》っていたため、外で遊ぶことができなかったというノア。一人の時間を過ごすことが多く、寂しい思いをしていたのだろう。もしかしたら、その反動で『仲間』という存在を大きく感じ取っているのかもしれない。

ノアはメンバーを見守っていることが多く、17歳《さい》という年齢《ねんれい》の割には大人びていて、パーティーでは母親のような役割を担《にな》ってくれている。

しかし、今日は、そんないつものノアではなく、転生者としてでもなく、等身大の少女としての時間を過ごしてもらいたい。

今日の目的は転生者ノアの覚醒だが、俺は自然とノア自身のことを考えていた。

そうして、一通り街中を見て回った後——

「ど、どうだ？　楽しんでるか？」

俺はノアに訊ねてみたのだが。

なんか、声のトーンが微妙《びみよう》に上《うわ》ずってしまった……。

「……え!?　あっ、はいっ！　楽しんでますよ！」

対するノアも慌《あわ》てた素振《そぶ》りで答えた。

「そうか。それなら良《い》いんだが」

買い物するわけでも見世物を観《み》るでもなく、ただ街を散策している俺たち。

冒険者に絡《から》まれたり魔《ま》王《おう》軍が攻《せ》めてきたりする気配もない。ただただ、平和的に街を見回っている…………のだが。

——俺は少し不安になっていた。

今、俺たちが訪《おとず》れている場所は、レピシアの中で中規模群に属する街だ。

リングダラム王国の首都アストリオンに比べると小さな街だが、観光客も多く、そこそこ賑わっている場所である。

最新鋭《さいしんえい》の火力兵器ボルヴァーンこそ配備されていないが、多くの兵士も常駐《じょうちゅう》しており、俺たちのホームであるアークより間違《まちが》いなく発展している街だ。

しかし——

「…………」

俺の隣《となり》で街を歩くノアは、どこか浮かない表情をしていた。

とても「等身大の少女」の顔つきではない。

……俺、なにか選択肢《せんたくし》を間違えたかな？

ノアと二人きりで出掛《でか》けるのは初めてではない。以前、アストリオンを二人で歩いたことがあり、あの時は、それこそ冒険者に絡まれたり、ペアのリングを買ったりもしたのだ。

それに比べると、今日は面倒事《めんどうごと》にも巻き込まれず、自然な観光ができていると思っていたのだが……。

もしかして、俺の……というか、俺たちの『目的』がノアにバレているとか⁉

だとしたら警戒《けいかい》されていても不思議ではない……っ‼

ここは早急《さっきゅう》に場の空気を変えるべきか⁉

「あ、あのさ！　ノア、今日はリリウムとミルフィナがつくってくれた休日だからさ、いっぱい楽しんでいこーぜ‼　なっ‼」

俺は精一杯《せいいっぱい》の明るさで場を盛り上げる。

これも『強引』の一種ってことでいいよな……リリウムよ……。

「は、はいっ！」

そして、ノアは不自然体で返事をしたのだった。

それからの俺たちはというと――

二人の会話が盛り上がることはなく、時間だけが流れていた。

……マズい!!　非常にマズいぞ⁉

このままだと、何のために観光に来たのか分からない!!

今の俺とノアの間には謎《なぞ》の気まずい空気が漂っており、いつも以上に心の距離《きょり》が離《はな》れているような感覚がある。

この現状を打破するためには……、

「俺さ、ちょっと別の街も見てみたいんだけど…………ノア、付き合ってくれるか？」

環境《かんきょう》を変えるしかない！

「え⁉　は、はいっ、もちろん、いいですよっ！」

ノアが了承《りょうしょう》してくれたので、急遽《きゅうきょ》、俺《おれ》たちはフォルニスに乗って別の街へ行くことに。

◇◆◇◆◇◆◇◆◇◆◇◆

「とても趣《おもむき》のある街ですねぇ……」

街に着くや、ノアは周囲の光景を見渡して言った。

俺とノアの間に流れる空気を変えるために訪れた次なる街――

そこは、この周辺地域では観光地として有名な街であった。

商人としての仕事を通じて、俺はレピシアの街や名物、観光名所にも詳《くわ》しくなったという自負がある。今こそ、その知識を活《い》かす時である。

今回は多少強引にでも俺が街を案内してみよう！

「ここは昔、魔王軍との戦争で最大の激戦地になった街だ。だから、街の至る所にある傷痕《あと》や残骸《ざんがい》が遺跡《いせき》として残されているんだ」

地面が凸凹《でこぼこ》していたり、古い建造物が崩《くず》れたまま放置されていたりと、街の一部が当時の状態で保存されている。

ここは史跡《しせき》観光として訪れる人間が多い場所なのだ。

ノアは転生する前、『ファンタジー』という異世界《せかい》に憧《あこが》れていたようで、ここレピシアは、その『ファンタジー』な世界《せかい》に該当《がいとう》するらしい。

こういうレピシアの歴史が感じられる街は、ノアにとってテンションが上がる場所なのではないか……俺はそう考え、ここに来たのだった。

街の説明をしながら、ノアの表情を窺《うかが》ってみる。

「………………おお」

ノアは感嘆《かんたん》の声を漏《も》らしていた。

反応としては悪くない気がする。

……というか、かなり良いほうなのでは？

「それじゃあ、この街で一番のオススメの遺跡に行くぞ」

ここが攻め時だと考えた俺は、強引にノアの手を引っ張った。

「へっ⁉」

驚《おどろ》きの声を上げるノア。

しかし、俺はそんなノアの反応に構わず、手を強く握《にぎ》って目的地へと向かった。

その後――

俺が街の観光名所を説明し、その話をノアが聞く、という流れで行程は進行していった。

そんな中、何ヶ所か史跡巡《しせきめぐ》りをした時点で、俺はノアの様子の異変に気がついた。

……なんか、静かだな……ノア。

最初は、勉強を教わる子供のように、熱心に「はい。はい」と相槌《あいづち》を打っていたノアだったが、次第《しだい》に口数が減っていき、今では無言の状態となっていた。

なぜ、ノアの反応が変化したのか……その理由は分からない。

だが、早めに問題を解決しておきたい。

そうして、俺は焦《あせ》る気持ちを自覚しながら、ノアに声を掛けようとしたのだが――

「ノアっ」「ウィッシュさんっ」

俺とノア、同時に互いの名前を呼び合ってしまった。

「ど、どうした⁉」「な、なんでしょう⁉」

訊き返した言葉も、二人同時に重なってしまう。

連続で言葉を被《かぶ》せてしまったことから、俺はノアの次の発言を黙《だま》って待つことにする。

しかし、ノアも俺と同じく、押《お》し黙ってしまった。

……き、気まずい‼

なんか、いつも以上にノアとの会話が重く感じるぞ……⁉

アークで生活している時のノアとの会話は、何も考えず、ただただ自然におこなっている。会話中、気まずくなるようなことはなく、場には常に明るい空気が流れているのだ。

こんな重苦しい空気になることは……ない。

なぜだ……なにが原因だ……。

場所か⁉　この歴史の重みを感じさせる街が、俺とノアの空気も重くさせているのだろうか？　また街を変えたほうが良いのかな……。

まだアークに帰る時間ではない。あと一ヶ所くらいなら別の街に行く時間はある。

再びノアと言葉が重ならないか気にしつつ、俺は口を開く。

「……あ、えっとさ……ちょっと別の街へ行こうかと思うんだけど……」

今度はノアと被らなかった。

俺は一安心して、ノアの返答をドキドキしながら待つ。

……っていうか、なんで普通《ふつう》の会話なのにドキドキしてんだ、俺は!?

「…………あ、はぃ」

小声で返答するノア。

ノアが、今、何を思って、何をしたいのか、何を感じているのか……俺にはサッパリ分からない。

でも、ミルフィナとリリウムに設定された『目的』を果たさなければならないのだ。

「よし。それじゃあ、またフォルニスに乗って――」

俺が半ば強引にノアを別の街に連れて行こうとした時。

「あ、あのっ!!」

突然《とつぜん》、ノアが大声で叫《さけ》んだ。

「へ!?　きゅ、急にどうした!?」

「あっ……ごめんなさいっ!!　急に大きな声、出しちゃって……」

「い、いや、べつに、問題ないけど……ど、どうしたのかな、って……」

今日一日で一番大きなノアの声。

驚いてしまったが、ノアが自分から何かを言おうとしているのが伝わってくる。

さっきもノアは俺に何か伝えようとしていたのだ。

俺と被ったため無言になってしまったが……。

「あ、その……」

いつもだったら、ノアは自然に俺に話《はな》し掛けてくれる。それなのに、言葉に詰《つ》まったり、無言になったり……今日のノアは明らかにいつもと様子が違う。

「何か俺に伝えたいことがあるのかな？」

慎重《しんちょう》に訊《たず》ねる。

「…………はい」

ノアは一拍《ぱく》置いてから答えた。

その表情は、一瞬《いっしゅん》だけ、いつものノアの顔つきに戻ったようにみえた。

「遠慮《えんりょ》することなく言ってくれ。今日の主役はノアだからな」

俺が言うと、ノアは視線を宙に逸《そ》らした。

そして、それから再び俺に視線を戻した。

「……えっと、次に行く場所なんですが……私の希望を言っても……良いでしょうか？」

「え？　あ、ああ、もちろんいいぞ？　どこに行きたいんだ？」

ノアの「行きたいところ」——果たして、どこなのだろうか。

最初に訊ねた時は、俺の行きたいところ、と答えたのだが……。

俺が緊張しながら答えを待っていると——


「私、アークに行きたいです」


ノアは全く予想していなかった地名を告げた。

「アーク……？　アークって、俺たちが暮らす……あのアークのことか？」

思わず同じ単語を連発して訊《き》き返してしまう。

「はい」

ノアの答えを聞いた後、俺は暫《しばら》く沈黙《ちんもく》してしまった。

観光する時間が残っているにも拘《かか》わらずアークに行きたいというのは……「早く帰りたい」という意思表示と受け取ることができる。

ノアは俺に配慮《はいりょ》した言い方をしてくれたのだろう。その心遣《こころづか》いにはノアの優《やさ》しさを感じるが、同時に、今回の作戦の失敗を告げる発言でもあった。

「…………わかった」

そう答えた俺の頭の中は「わからない」ことだらけであった。

今日の行動についての後悔《こうかい》や自省の念が湧き出てくる中、俺はノアの気持ちを尊重し、アークに帰ることにした。

◇◆◇◆◇◆◇◆◇◆◇◆

俺とノアがアークに着いた後も、空からは燦々《さんさん》と陽光が降り注いでいた。

まだリリウムとミルフィナが農作業に勤《いそ》しんでいる時間帯である。

……リリウムとミルフィナに、なんて言い訳をしようか。

今回のノア覚醒作戦、最初から最後まで手応えのないまま終わってしまった。失敗の理由が分からないので、言い訳のしようもない。完全に、お手上げ状態だ。

このまま家に帰っても何もすることがない。少し散歩してから帰るかなー。中途半端《ちゅうとはんぱ》な状態で観光を引き上げてきたので、なんとなく家に直帰しづらいし……。

そんな気持ちを抱《かか》え、一人でアーク内を歩こうとしていた俺に、

「ウィッシュさんっ、一人でどこへ行こうとしているのですか？」

ノアがキョトンとした表情を浮かべて言ってきた。

「え……ちょっとアークを散歩しようと思って……特に行き先や目的はないけど……」

「ひ、ひとりで行くのは、ダ、ダメですよっ！　私の希望でアークに来てもらったんですからっ」

恥《は》ずかしそうに言うノアの顔は、なにやら赤く火照《ほて》っている。陽《ひ》が照り注ぐ時間帯ではあるが、顔に蒸気が発生するほどの気温ではない。

ここにきて、ノアの様子が一層おかしくなっている気がする。

「……あれ？　ノアは家に帰りたかったんじゃないのか？」

「え……？　そ、そんなこと思うわけないじゃないですかっ！　せっかくウィッシュさんと二人きりの時間を過ごさせてもらっているのにっ」

観光中まったく感情的にならなかったノアが、やっと自分の気持ちを表に出してくれた。

「そうだったのか……」

しかし、感情を出してくれたのは良いが、ノアの希望……本心は分からないままだ。

ノアはアークに来て、何をしたいのだろうか？

今日一日中ノアの表情を窺い感情を推《お》し量《はか》っていたが、今が一番よく分からない状態だった。

「そ、それでは、ここからは私がウィッシュさんをリードしますねっ！」

そう言って、ノアは強引に俺の手を引っ張った。

「え、ちょ⁉」

困惑する俺に構わず、ノアは俺の手を握ってアークの中をグイグイと歩き出した。


そして——

「ここは、最近開店したばかりのパン屋さんですよ！　ミルちゃんお気に入りのお店で、毎日通っているそうです！」

アークの中を歩きながら、興奮気味にノアが説明する。

「ああ、そうらしいな」

「あちらに見える果物屋さんは、特に柑橘系《かんきつけい》が美味《おい》しくてオススメですよ！　リリウムさんが、よく買ってきてくれます！」

「うん」

「そして、こちらの研磨《けんま》店さんは、なんと、移住してきた冒険者《ぼうけんしゃ》さんが経営されているそうです！　刃物《はもの》は、しっかり研《と》いで手入れをしておかないと、イザという時に使えないですからね！　こちらのお店はウィッシュさんも御利用《ごりよう》されていますねっ」

「ああ、そうだな」

俺は短く答える。

意気揚々《いきようよう》と語るノアだが、話の内容は全て俺も知っているものだ。

アークが発展してきているとは言っても、さきほど訪れた観光地に比べると、まだまだ規模は小さい。立ち並ぶ店の情報は、住民全員が簡単に把握できるほどである。

もちろん、そんなことはノアも知っていると思うのだが……。

俺は思案しつつも、明るく振《ふ》る舞《ま》うノアに対し、場の雰囲気を壊《こわ》すようなツッコミはしなかった。

これが「ノアのやりたいこと」なら、俺は全力で付き合うだけだ。

野暮《やぼ》なことは言わないし、しないでおくのが良いだろう。


――その後。

ノア主導のもとアーク内を歩いたのだが、すぐに見終えてしまった。

観光名所などはないし、そもそも知り尽《つ》くした場所なので、特に気持ちが高鳴るということもない。確かに、こうしてノアと二人きりで散歩するのは初めてのことだ。しかし、やろうと思えば、いつでもできる。なにせ、俺とノアは共同生活をしているパーティーメンバーなんだから。

……ノアは楽しんでいるのかな？

俺がノアの顔色を窺おうとした時。

「あの……最後に、ウィッシュさんと一緒に行きたい場所があるのですが……お付き合いいただけませんか？」

逆に、ノアが俺の顔を見つめて言ってきた。

「ん？　ああ、いいぞ？」

パーティーを組んでから、ノアとは同じ時間を共に過ごしてきたのだ。お互《たが》いのことは知り尽くしているし、何を考えているのかも理解できている。

――そう思っていた。少なくとも、俺は。

だが、今日は最初から最後までノアのことが何一つ分からないままだ。

これから向かう、「ノアが最後に行きたいところ」というのも見当が付かなかった。

そうして、ノアに連れられて歩くこと数分。

辿《たど》り着いた場所は、アークのすぐ近くにある小高い丘《おか》だった。

「うーんっ♪　やっぱり、ここは気持ち良いですねーっ」

丘に登ったノアが、身体《からだ》を伸《の》ばしながら言う。

いつもは大人びた態度で冷静な佇《たたず》まいをしているノアが、今は子供のような表情を浮かべている。まるでミルフィナのような無邪気な表情である。

「この丘、ノアのお気に入りの場所なのか？」

「はいっ。ウィッシュさんは、ここへ来たことはありますか？」

「いや、初めてだ。アークから見上げたことはあったが……実際に登ってみると、景色が凄《すご》いな……綺麗《きれい》だ」

それほど高い丘ではないが、いつもより少しだけ高い視点からアークを見渡《みわた》せるので、なんだか新鮮《しんせん》な気分だった。

丘からはアークにいる住民の姿も見え、農作業をしている人たちも確認《かくにん》することができる。よく見ると、リリウムとミルフィナの姿も確認することができた。

まさに、アークを一望できる絶景スポットである。

「ふふっ。そう言っていただけて私も嬉しいです。実はここ、私がモモナちゃんに影響《えいきょう》されて探し出した、お気に入りの場所なんですっ」

「なるほど……」

――モモナとは、俺たちがルーヴィッチに行った際に出会った人間の少女の名前だ。

猫《ねこ》が大好きで、一緒に猫耳探しを手伝わされたのだ。そして、その猫耳探しの最中、モモナ自慢《じまん》の秘密基地に連れて行ってもらった。

……そういえば、あのモモナの秘密基地も丘の上にあったな。

俺は、あの時の丘から観た景色と、今、目の前に広がっている光景を重ねていた。

「私……こんな素敵《すてき》な場所が自分のすぐ近くにあることに、これまで気づいていなかったんです」

「…………俺もだ」

「近くにあっても…………近くに居ても……気がつかないことって、結構あるんですよね」

アークの光景を見渡しながら言ったノアからは、どこか物憂《ものう》げな雰囲気が漂っている。

「そう……だな」

俺はノアの言葉を聞き、染《し》み染《じ》みと感じる。

――ノアのこと、仲間たちのこと。

もしかしたら、俺は皆《みんな》のことを知った気になっていただけなのではないか？

今日の一件で、そんな風に思うようになっていた。

「私は今日一日、ウィッシュさんのことを考えていました。ウィッシュさんが何を考え、何を望んでいたのか」

「え⁉　そんなこと考えていたのか⁉」

「はい。……でも、私はウィッシュさんの気持ちを推し量ることができませんでした。なぜ、急に私を観光に連れ出したのか……なぜ、私を楽しませようとしているのか。一生懸《いっしょうけん》命《めい》考えてみたのですが、理由は分かりませんでした」

「………………」

思いがけない、ノアの俺への言及《げんきゅう》。

心臓の鼓動《こどう》が一気に跳《は》ね上がる。

「今日のウィッシュさん、いつもと様子が違《ちが》っていたので、何かあるのかなと思っていたのですが……」

「ん⁉　今日の俺、何か変だったか⁉」

……ぜんぜん自覚ない。

むしろ、いつもと違っていたのはノアのほうだと思うのだが……。

もしかして、リリウムの「とにかく強引に」というアドバイスを実践《じっせん》した件かな⁉

「その……ずっと私の顔色を窺っているような気がしました……」

「あっ…………そ、それは……その……」

確かに、俺は今日一日中ノアの顔色を窺っていた。

　理由は、ノア覚醒《かくせい》という『目的』を達成させるため、俺との距離を縮めたかったからだ。

「私から事情をお伺《うかが》いしようかとも思ったのですが、なかなか話を切り出せず……すみません、私がウィッシュさんの意図を察せないばかりに……色々と気を回させてしまいました……」

「い、いや！　ノアのせいじゃない！　ノアが謝《あやま》ることは何もないから！」

　……なんということだ。ノアと、より深い関係になるための俺の行動が、逆にノアを悩ませてしまっていたとは……。

　そのせいで、俺はノアを不安にさせた。そして、そんなノアの心情を知らない俺は、ノアの反応に頭を悩《なや》ませていたのだ。

　——完全な悪循環《あくじゅんかん》。

「……いえ、私に原因があるのだと思います。だから、私はアークでウィッシュさんとお話したくなったのです」

「なんでアークなんだ？」

「私にとって、アークが特別な場所だからです。今日、ウィッシュさんに色々な街に連れて行っていただいて感じたことなのですが……」

「うん」

「私、あらためてアークが自分の居場所だと実感したのです。今日訪れた街も魅力的《みりょくてき》だったのですが、どこか自分の世界《せかい》とは違う、外の世界《せかい》だと感じてしまいました」

「ノアにとっては、レピシア自体が異世界《せかい》だからな。そう感じるのは当然だろう」

「そうなのですが…………でも、アークは違うんです！　この場所に帰ってくると、本来の自分で居られるんです！」

真剣《しんけん》な表情で語るノア――その瞳《ひとみ》にはアークが映し出されている。レピシアという異世《せ》界《かい》の地で見つけた自分の居場所。ノアにとって、アークはとても大事な場所であることが伝わってくる。

でも、それは――

「うん……俺もだ」

俺もノアと同じ気持ちだった。

アークに帰ってきてからは、ノアとの距離感も徐々《じょじょ》に日常の状態に戻《もど》り、今では自然に話せるようになっている。

俺にとってもアークは特別で、本来の自分で居られる場所なんだ。

ノアは俺の言葉に優しく微笑《ほほえ》み返してから話を続ける。

「アークでなら、今日お話できなかったこともウィッシュさんに伝えられると思ったのです。この大事な場所だったら、自分の想《おも》いをウィッシュさんにお伝えできるだろうって」

ノアの視線がアークから俺へと移る。

間近で見るノアの顔は、夕陽《ゆうひ》に照らされて真っ赤に染まっていた。

そんなノアを見て、俺は考えを改める。

「そうだったのか……。ノアの話なら俺はいつでも聞くし、ちゃんと答える。それに、俺が今日ノアに話せなかったことも、ちゃんと全部説明する」

当事者のノアに内緒《ないしょ》で勝手に話を進めるのは良くなかった。

ノアに対して不誠実だった。

ノア自身に関わることなんだから、ノアに全部打ち明けるべきだった。

なぜ、俺がそうしなかったのか。

理由は明白だ。

――単純に、俺が恥ずかしかったからだ。

ノアの中に眠《ねむ》るチカラを完全に覚醒させるためには、転生者の血が流れる俺と深い仲になる必要がある………それが自分でも怖《こわ》いくらいに照れ臭《くさ》かったのだ。

今以上にノアに踏《ふ》み込《こ》んでしまったら元の関係には戻れないような気がして、臆《おく》してしまっていた。説明した後のノアの『反応』を怖がってしまっていた。

だが、俺は真正面からノアと向き合う必要があるんだ。

逃《に》げずにノアの話を聞き、素直《すなお》な気持ちを伝えるべきだ。

「ありがとうございます、ウィッシュさん。私は本当にウィッシュさんに救われました。この広いレピシアでウィッシュさんと出逢《であ》えたこと……ウィッシュさんに見つけていただいたこと、深く感謝しております。レピス教会の方々に見捨てられてしまった私ですが、ウィッシュさんとの出逢いは、まるで神が導いてくださった運命のように感じています」

ノアは一つ一つの言葉を、大事に、丁寧《ていねい》に、ゆっくりと紡《つむ》いでいく。

ノアの俺に対する感謝の想いは今までも充分《じゅうぶん》に伝わってきていた。

今日は、改めて俺からもノアに自分の感謝の気持ちを伝えよう。

「お礼を言うのは俺のほうだ。ありがとう、ノア。俺もノアと出逢えたことを幸せに感じてるよ」

「…………はい」

ノアは俺の言葉を正面から受け取り、優しく頷《うなず》いた。

今の俺とノアには、今日のこれまでのような不自然さが一切《いっさい》ない。

自然に気持ちを伝えられている。

この流れで、俺がノアに想いを告げようとした……、

「俺はノアのこと、大切な――」

その時だった。

「私はウィッシュさんのことが好きです」

ノアの口から出た言葉。

あまりにも自然だった。

あまりにも自然すぎて、まるで夕食後の会話のようだった。

「…………」

心臓が脈打ち、全身の血が高速で体内を駆《か》け巡《めぐ》る。

何か言わなければならない。

俺が、答えなければならない。

一瞬でも間を空けてはならない。

それなのに。

俺は返答に詰まってしまった。

ノアの言葉に答えられるのは世界《せかい》で俺だけなのに。

俺も。

俺もノアのことが。

ずっと一緒に居たい大切な女性《ヒト》だと――


心の中で呟《つぶや》き、願った瞬間《しゅんかん》。

俺とノアの身体から大量の『光』が溢《あふ》れ出した。

光は際限なく周囲に広がっていき、一瞬にしてアーク一帯を包み込んだ。

アークだけじゃない。

まるでレピシア全体を覆《おお》うような勢いで、光が広がっていく。

その瞬間、俺はノアと心の奥深《おくふか》くで繋《つな》がったような感覚を抱《いだ》く。ミルフィナに加護を授《さず》かり、《希望の光《ウイッシング・ユー》》を与《あた》えられた時のような温かい感覚だ。

ただ、あの時と違う点がある。

――今は、世界《せかい》そのものと繋がったような万能《ばんのう》感も抱《いだ》いていた。

俺は直感する。

《希望の光《ウィッシング・ユー》》が進化し、そして――

ノアが転生者として完全に覚醒したのだと。

◇◆◇◆◇◆◇◆◇◆◇◆

ノア覚醒作戦実行日の夜。

「ウィッシュ兄、やったねっ♪」

湯浴《ゆあ》み中のノアに聞こえないよう、ミルフィナが小さな声で囁《ささや》いてきた。

声量は小さかったが、喜んでいる様子が伝わってくる。

「まさか、ウィッシュが成功させるとはねぇ～？　ちょっと見直したわよ？」

ミルフィナに続き、リリウムも語りかけてきた。

二人の表情は明るく、俺とノアの覚醒を純粋《じゅんすい》に喜んでいるようだ。

「…………」

しかし、ミルフィナとリリウムとは対照的に、俺の気分は晴れなかった。

「？　なによ、ウィッシュ、そんな難しい顔しちゃって。作戦は成功したんでしょ？」

「…………」

「うんうんっ。ノアお姉ちゃんは覚醒したし、ウィッシュ兄の能力も進化したよ！　二人から、今まで以上に強い光を感じるもん！」

ミルフィナが俺の代わりに答える。

「ミルが言うなら間違いないわね。これでノアとウィッシュは晴れて恋人《こいびと》同士ってことかぁー……二人を見守ってきた私も、なんだか感慨深《かんがいぶか》いものが込み上げてくるわ。ウィッシュ、私にも感謝しなさいよねっ？」

今の俺にはリリウムの軽口に言い返す余裕《よゆう》はなかった。

なぜなら――


俺は、ノアに自分の『想い』を伝えていなかったから。

時間が経《た》ったことで、ノアの俺に対する気持ちは心に深く響《ひび》いてきている。

ちゃんと意味を理解できている。

でも。

俺の気持ちはノアに伝えられていなかった。

大量の光が俺とノアの身体から溢れ……そして、放出現象が収まった後――ノアは複雑な表情を浮《う》かべて、その場から一人で立ち去ってしまったのだ。

俺の答えを聞かないまま。

その結果――

俺にはモヤモヤとした感情が残されたのだった。

幕間《まくあい》　～真《しん》の脅威《きょうい》～

レピシアの最南端に建つ魔王城《まおうじょう》。

城内の大広間に、幹部たちが勢ぞろいしていた。

見慣れた大広間には、未《いま》だ慣れない新魔王ゼフィレムの威圧的《いあってき》な魔力《まりょく》が漂《ただよ》っている。

そんな中――

「おい、ルゥミィ。まだ幹部をクビになっていなかったのかぁ？」

下品な言葉遣《ことばづか》いの男幹部がアタシに声を掛《か》けてきた。

「…………」

「おいおい、だんまりかぁ？　使えねぇヤツは口を開くこともできねぇのかよ！　オレが話し方を教えてやろうか？　オレは優しいからよー！」

「…………」

「ッチ！　ほんと、なんで失敗続きのお前がクビにならねぇんだろうな！　オレは不思議で仕方ねぇぜ！」

「幹部の配置、任命は全て魔王ゼフィレム様がお決めになることですので。偉大《いだい》なる魔王様の真意を測ることは畏《おそ》れ多く、アタシには説明できかねます」

「……ッチ、弱《よえ》ぇ癖《くせ》にペラペラと喋《しゃべ》りやがって。マジで無能だな」

男幹部は吐《は》き捨てるように言い、アタシの前から去っていった。

先日のアストリオン侵攻《しんこう》の失敗以降、魔王軍内のアタシへの風当たりは強くなっている。

――当然だ。

魔王軍は力こそが全ての組織。強者が上に立ち、弱者は切り捨てられる。

強者の言うことは絶対であり、弱者には発言権がない。

アストリオン侵攻の失敗は予定調和であり、アタシの思惑《おもわく》通りだった。

しかし。

幹部の座を降ろされるというアタシの予想は外れていた。

あれほどの大規模な侵攻作戦の失敗、指揮官として責任を追及《ついきゅう》されないほうがおかしい。

先程《さきほど》の男幹部は不愉快極《ふゆかいきわ》まりない態度だったが、言っている内容についてはアタシも同感だった。

そんなことを考えていると、玉座に鎮座《ちんざ》している魔王ゼフィレムから不気味なオーラが漏れ始めた。

これはゼフィレムが口を開く前兆だ……。

アタシを始め、大広間に集まった幹部たちに緊張《きんちょう》が走る。

「此度《こたび》のアストリオン侵攻に於《お》いて、魔族《まぞく》にとって最大の強敵が発現、顕在化《けんざいか》した」

緊張する幹部たちをよそに、魔王ゼフィレムは淡々《たんたん》と言う。感情が宿っていない様は、まるで壁《かべ》に向かって話しているような印象すら覚える。

「……我々の……最大の強敵?」

幹部の一人が声を漏らす。


「名はウィッシュ。生活拠点《きょてん》はバルデ領アーク」


魔王ゼフィレムが一方的に告げると、大広間はどよめきに包まれた。

「ウィッシュ……?　聞いたことのない名だが……」

「我らの最大の敵は勇者ではないのか?」

「ですが、魔王様が仰《おっしゃ》るからには、誰《だれ》かが討伐《とうばつ》に行かなければなりませんッ」

「それなら、是非《ぜひ》ともオレが行かせてもらうぜ!　雑魚《ざこ》幹部に任せてちゃ、栄光ある魔王軍が人間どもに舐《な》められちまうからな!」

「いいや！　俺《おれ》が行く！」
幹部たちは好き好きに言い合っている。
魔王ゼフィレムに対し、自分の力を顕示《けんじ》したいのだろう。
そんな状況下《じょうきょうか》で、アタシ一人だけ血の気が引く感覚に襲《おそ》われていた。
……ウィッシュの存在が魔王に知られた⁉
しかも、標的にされた上、居場所まで突《つ》き止《と》められている⁉
なんで⁉
いや、それよりも！　アタシはどうすべきだ⁉
一瞬の内に、アタシの脳内は混乱状態に陥《おちい》った。
そして、
「討伐には余が直々に向かう。余自らが絶望をくれてやる」
魔王の言葉によって、アタシの思考は停止した。

四章　導きの光

ノアが転生者として覚醒した日の翌朝。

「最近、少しだけ暑さが和《やわ》らいできましたね」

アークを歩きながらノアが話し掛けてきた。

「………………そう、だな」

自然な態度のノアに対し、ギコちない返答をする俺。

一日経った後も、俺の中には気まずい感情が残されていた。

……このままの状態で居ていいはずがない。俺はノアに対して、ちゃんと気持ちを返さなければならない。できれば早めに——今日中にはノアに俺の想いをぶつけよう。

心の中で決意を固めていると、

「なんか少しずつだけど、水の魔素が空気中に漂い始めてるわねっ」

俺の心情など露《つゆ》知らずと言った様子で、リリウムが話を続けてきた。

「もしかしたら、ウィッシュさんの作ったクーラーボックスがキッカケで、レピシアの皆さんも温暖化について考えるようになったのかもしれませんねっ」

「なるほどぉ～！　ウィッシュ兄《にい》は凄いことをしたんだねっ！」

尊敬の眼差《まなざ》しを俺に向けてくるミルフィナ。

――クーラーボックス自体に温暖化を抑《おさ》える効果はない。

しかし、ノアの言う通り、実際に冷却《れいきゃく》効果の恩恵《おんけい》を受けた人間の中には、温暖化に対する意識が変わった者もいるだろう。

ただ、現在のレピシアの気候が穏《おだ》やかになりつつあるのは、リングダラム王の『改革』によるところが大きい。レピシア温暖化の主因となっている貴族たちの利己的な行動……リングラダム王は、これらの取り締《し》まりを始め、異世界《せかい》の技術流用を一切禁止したのだ。

レヴァンとの決闘《けっとう》以降、リングラダム政府との繋がりを持った俺は、王や役人とも密に連絡《れんらく》を取り合っているので、国の内情は把握《はあく》している。

貴族だけでなく、貴族と深い繋がりがあるレピス教会からの反発もあっただろうが、リングダラム王は国民や冒険者を味方につけ、順調に改革を推し進《すす》めているのだ。

「水の魔素があるということは、リリウムさんのチカラも元に戻ったのですか？」

ノアがリリウムに訊ねる。

「う〜ん……全てのチカラを解放できるほどの魔素量ではないわね。まだ、本来の30％くらいの魔法力《まほうりょく》しか使えないかなー」

「そうなのですか………でも、いずれリリウムさんが元の状態になれるよう、私たちも一つずつ小さなことから温暖化対策を進めてまいりましょう」

「うんっ！」

ミルフィナが元気よく答えた。

レピシアの温暖化問題への対応は順調にいっている。

しかし——魔界《ヘラ》が抱える問題は、魔族のエリート魔術師《ソーサラー》を以《も》ってしても、未だ対策の糸口すら見つかっていない。ギール病という不治の病によって、魔界《ヘラ》に住む魔族は身体を蝕《むしば》まれており、それが人間との戦争の原因にもなってしまったのだ。

この魔界《ヘラ》の問題を解決しないことには、レピシアに真《しん》の平和が訪《おとず》れることはない。

だが、このギール病……不治の病と呼ばれているが、病気であることに間違《まちが》いないのだ。

ということは、つまり——

ノアの覚醒した完全治癒《ちゆ》能力《導きの光《ロード・ヒール》》によって、治すことができるのではないか？

もし、《導きの光《ロード・ヒール》》が効けば、魔界《ヘラ》からギール病を失《な》くすことができるかもしれない。

そうなれば、魔族の「レピシアの地を奪《うば》う」という戦争理由も同時に無くなる。

――リリウムの妹も病魔《びょうま》から解放される。

大事な仲間の家族を救うこともできるのだ。ノアの《導きの光《ロード・ヒール》》を試《ため》してみる価値は充分にある。

そうして、俺はノアたちに自分の考えを説明した。


数刻後――

俺たちパーティーは追憶《フォルニウム》の樹海に来ていた。

「私が……私のチカラが、お役に立つどうかは分かりませんが……リリウムさんの世界《せかい》の方々の苦しみを……癒《いや》して差し上げたいです……」

祈《いの》るように言葉を発するノア。

ノアは俺の考えを聞くや否《いな》や、「それなら、すぐにでも魔界《ヘラ》へ赴《おもむ》きましょう！」と言って、その足で追憶《フォルニウム》の樹海までやって来たのだ。

「それじゃあ、ミルフィナ、リリウム、留守番を頼《たの》んだぞ」

魔界《ヘラ》に入ることができない女神《めがみ》のミルフィナは、いつも通りアークでお留守番。そして、今回はノアの代わりに、リリウムがミルフィナのお守《も》りとして留守番担当になった。

「うんっ！　ウィッシュ兄、ノアお姉ちゃん、気をつけてねっ！」

「こっちは私に任せなさい。ウィッシュ、ノア……無理はしないで……」

頑張《がんば》ってね、とリリウムは小さな声で付け加えた。

リリウムの気持ちが痛いくらいに伝わってくる。いつもは能天気な態度で仲間と接しているリリウムだが、魔族の抱えるギール病の問題には昔から苦しんでいたのだ。

そもそも、リリウムが魔王としてレピシアに来たのも、このギール病を解決するためだったのだから。

リリウムの想いに応えるためにも、俺は小さな可能性……光に懸《か》ける！

「フォルニス。俺の留守中、アークの皆のこと……頼んだぞ！」

「ああ。ウィッシュの町はオレ様が護《まも》っといてやるから安心して魔界《ヘラ》へ行ってこい」

フォルニスは真剣なトーンで応えてくれた。

こうして俺とノアは、ミルフィナ、リリウム、フォルニスと三者三様の挨拶《あいさつ》を交《か》わし、追憶の樹海《フォルニウム》に設置された門《ゲート》から魔界《ヘラ》へと転移した。

◇◆◇◆◇◆◇◆◇◆◇◆

「──ハァァァァッ!!」

ナイフを強く握《にぎ》り締め、前方の対象に向かって疾走《しっそう》する。

視界に『光』は視《み》えない。

攻撃対象である巨大《きょだい》な怪物《かいぶつ》に『弱点看破』は使用していないので、弱点も情報も何も分からない状況である。

しかし、俺は迷わず攻撃を仕掛《しか》ける。

ナイフの切っ先が怪物の腹部に触《ふ》れた瞬間──

「ウガアアアアアアアッッッ!!」

怪物の大きな断末魔《だんまつま》が辺り一面に轟《とどろ》いた。鬱蒼《うっそう》とした薄暗《うすぐら》い樹海に鳴り響く、雄叫《おたけ》びのような断末魔が。

怪物が事切れて叫《さけ》び声が鳴り止《や》んだ後、樹海に静寂《せいじゃく》が訪れる。

「……あ、ありがとうございますっ。それにしても、まさか魔界《ヘラ》に足を踏み入れた瞬間、魔獣《まじゅう》に襲われてしまうなんて……」

たった今、俺が倒《たお》した怪物を見て、ノアが呟く。

「ここは神々の墓場《ヘラシオン》と呼ばれる、魔族も近寄らない魔界《ヘラ》の危険地帯だからな。神獣《しんじゅう》やら伝説の魔獣やらがウジャウジャ棲息《せいそく》しているらしい」

以前リリウムと来た時は運良く怪物と遭遇《そうぐう》しなかったが……今回は、いきなり鉢合《はちあ》わせた挙句《あげく》、襲われてしまった。

「なるほど……。でも、さすがはウィッシュさんですっ！　魔界《ヘラ》の狂暴《きょうぼう》な魔獣も一撃《いちげき》で倒してしまいました。本来なら怖いはずの場所も、ウィッシュさんと一緒《いっしょ》だと怖くありませんねっ」

ノアは俺を優《やさ》しい視線で見つめ、言った。

おそらく今倒した魔獣は魔界《ヘラ》でも手に負えず、この地に隔離《かくり》されていた存在なのだろう。

そんな凶悪《きょうあく》な強敵を俺は倒した。『弱点看破』を使うことなく、一撃で。

その理由は簡単だ。

新たなチカラ――『弱点付与《ふよ》』を使用していたからである。

攻撃する対象に強制的に弱点を付与する能力。このチカラは、相手の弱点がどこだろうが関係ない。俺が攻撃した箇所《かしょ》が弱点となり、致命的《クリティカル》なダメージを負わせるのだ。

進化した能力の使い方や効果は今の戦闘《せんとう》で分かった。

この能力は、大切な仲間を守る大きなチカラとなる――俺は確信した。

「森を抜《ぬ》けるまでは俺の傍《そば》から離《はな》れるなよ？」

ノアの手を取り、樹海を歩き出す俺。

「え⁉　は、はい‼」

ノアは驚《おどろ》いた声を上げた後、俺に身を寄せてきた。

ノアの表情には、なにやら安心感のようなものが宿っているようだった。

その後。

神々の墓場《ヘラシオン》を抜けるまでに、俺とノアは計５回の戦闘を繰《く》り広げた。

森を抜ける頃《ころ》、俺は『弱点付与』を完全に自分のモノとしていた。


神々の墓場《ヘラシオン》を無事に脱出《だっしゅつ》し、俺とノアが辿り着いた先の目的地で――

「あぁぁぁ‼　ウィッシュだっ‼　ウィッシュが来たー‼」

少女の元気な声が俺の耳に飛びこんできた。

そして、声が届いた直後。声の主である魔族の少女が俺に抱《だ》きついてきた。

「おや？　ウィッシュさんのお知り合いですか？」

ノアがキョトンとした顔で訊《たず》ねてくる。

「ん……まぁな」

少女に抱きつかれるという姿をノアに見せてしまったことに、謎《なぞ》の罪悪感を覚えてしまう俺。小さな声でボソッと返答した俺に対し、

「知り合いじゃないでしょ！　コンヤクシャでしょー!!」

漆黒《しっこく》の髪色《かみいろ》が特徴的《とくちょうてき》な魔族の少女――ミャムが大きな声で文句を言ってきた。

自分でもよく知らない単語なのだろう。『婚約者《こんやくしゃ》』の部分だけ発音が少しおかしかった。

「そうだったな。悪かった、ミャム」

「えへへ！　許すぅ！」

悪戯《いたずら》っ子のような笑《え》みを浮かべて言うミャム。

ミャムは魔界《ヘラ》における俺の友達……なのだが、同時に婚約者扱《あつか》いもされているのだった。

前に魔界《ヘラ》に来た時に、別《わか》れ際《ぎわ》そんな約束をしてしまったんだよなぁ……。

ここ、プキュプキュ村で。

魔界《ヘラ》の辺境地にある小さな村――プキュプキュ村。

リリウム曰《いわ》く、魔族の中でも変わっている者たちが集まっている……という村である。

レピシアにおけるアークのような場所であり、今回の目的地である。

「ウィッシュさんの婚約者……!?」

ミャムと俺のやりとりを聞き、なにやら驚いている様子のノア。

まさか、こんな小さな子供の言うことを真《ま》に受けてしまっているのだろうか？

……いや、聡明《そうめい》なノアに限って、そんなことはないか。

「ミャム、久しぶりだが元気にしてたか？」

俺は、ノアにミャムとの関係性を特に説明することなく話を続ける。

「えー？　久しぶりじゃないでしょ！　ウィッシュとは、つい最近会ったばっかじゃん！　まさか、こんなに早くアタシに会いに来てくれるとは思ってなかったけど！」

ミャムは「にひひっ」と機嫌《きげん》良さそうに笑った。

魔族は人間と比べて寿命《じゅみょう》が長い。その差は、《希望の光《ウィッシング・ユー》》による情報で約10倍あることが分かっている。俺にとっては久しぶりのことでも、ミャムにとっては昨日のことのように感じているのかもしれない。

魔族と人間とでは、時間に対する体感や価値も10倍の差があるのだろう。

「ミャムが元気そうで良かった。あれから身体《からだ》に異変は起きてないか？」

「ん？　アタシは前も今も、この通り！　元気だよー！」

そう言って、ミャムは俺の周りを元気良く駆け回った。

以前のミャムの身体には魔獣化の呪《のろ》いが宿っていた。思念体ヴォイドと呼ばれる、死んだ魔獣たちの怨念《おんねん》に取り憑《つ》かれていたミャムは、自覚ないまま魔獣化して暴れていたのだ。

俺とリリウムの手によって思念体ヴォイドは消滅《しょうめつ》したのだが。ミャムは今では普通《ふつう》の少女として平和に生活できているようだ。それを聞いて、俺は内心でホッと安堵《あんど》していた。

こんな小さな子供が苦しむようなことは、あってはならない。

ミャムには笑顔《えがお》で暮らしてほしい——そう切に願う。

「ウィッシュさん？」

ミャムを見つめながら物思いに耽《ふけ》っていた俺に、ノアが首を傾《かし》げてくる。

「あっ、いや、な、なんでもないっ」

「……？」

慌《あわ》てて返答した俺を不思議がるノア。

……変に思われたかな？　なんか、さっきからノアを意識しちゃってんだよなぁ…………

これ、絶対にミャムの婚約者発言のせいだ……。

またしても、一人で考えを巡らす俺。

そして、そんな俺を、さらに怪訝《けげん》そうに見つめてくるノア。

なんか負の連鎖《れんさ》が続いてるような気がするが、今は魔界《ヘラ》に来た目的を果たすのが先決だ。

「ところで……ミャム、お母さんの容態はどうだ？」

「お母さんも特に変わってないよ？　今まで通り、ベッドで休んでる。身体を動かすのが大変だからね……」

ミャムは元気に駆け回っていた足を止め、寂《さび》しそうに言った。明るかった表情も急に翳《かげ》ってしまった。

ミャムの母親はギール病に侵《おか》されており、身体を蝕まれているのだ。ギール病は、すぐに命を落とすといったような病気ではないが、永い年月をかけてジワジワと身体が侵蝕《しんしょく》されていき、やがて自分の意思で身体を動かせなくなるという恐《おそ》ろしい病だ。

現在、ミャムの母親は全く動けないという状態ではないが、日常のほとんどをベッドの上で過ごしているのだ。

「ミャム……実は今日、俺たちはミャムのお母さんに会いに来たんだ」

「お母さんに？　どうして？」

「ちょっと確かめてみたいことがあってな。今、お母さんは会える状態か？」

「うん。朝だから起きてるよ。それに、ウィッシュだったら喜んで会ってくれるよ。アタシたちを救ってくれた恩人だからね！　ウィッシュが帰った後、アタシとお母さん、毎日ウィッシュのことを話してたくらいだもん！」

「ははっ、そうだったのか。それは嬉《うれ》しいな」

「ウィッシュとお話したら、お母さん、きっと元気になると思う！　ってことで、さっそくアタシの家に行こっ！」

元気を取り戻したミャムは、勢いよく自分の家へと走っていく。

俺とノアは一瞬《いっしゅん》顔を見合わせてから、ミャムの後に付いていった。

プキュプキュ村、ミャムの自宅にて――

俺はミャムの母親にノアを紹介《しょうかい》し、来訪した理由を説明した。

快く迎《むか》え入れてくれたミャムの母親だったが、俺の説明を聞くと、やや複雑そうな表情を浮かべた。しかし、その後すぐに了承《りょうしょう》してくれた。

――ノアの《導きの光《ロード・ヒール》》を受けることを。

「人間の方々が持つ不思議な能力のことは存じ上げませんが、ウィッシュさんが仰るなら、私は喜んで協力いたしますよ」

「ありがとうございます！」

以前、《希望の光《ウイッシング・ユー》》で得た情報には、ミャムの母親は光魔法が弱点とあった。ただ、ノアの《導きの光《ロード・ヒール》》は魔法ではなく転生者の固有能力なので、属性に関しては問題ない。ルウミィに効いたので、種族の問題もない。

しかし、ギール病という未知の病気に対して、完全治癒の効果が発揮されるのか……その点については、俺も確信が持てないでいた。

だからこそ、こうして魔界《ヘラ》まで足を運んだのだが……。

「ねぇねぇウィッシュ？　ウィッシュが、人間の世界《せかい》でギール病の治し方を見つけてきてくれたってこと？」

「いや……さっきも話したけど、ギール病を治せるかどうかは分からない。今回は、あくまでも効果の『確認《かくにん》』だ。今後、本格的にギール病を治していくためのキッカケづくりって感じだな。だから、ミャム……今日は期待するなよ？」

過度に期待させるのは、もしダメだった時の落胆《らくたん》度合いを大きくさせてしまう。

だから、俺は念を押《お》すようにミャムに言った。

「……うん」

小さな声で頷くミャム。

言葉とは裏腹に、ミャムの瞳《ひとみ》の奥《おく》には何か……希望の光が宿っているようだった。

期待するなと言われても、心のどこかで期待してしまうのだ。特に、ミャムのような子供なら尚更《なおさら》……。ここは大仰《おおぎょう》な儀式《ぎしき》のような感覚で試すのではなく、時間を掛けず事務的に済ませたほうがいいな。

「それじゃあ、ノア。頼む」

俺はノアに短く告げた。

「……はい」

ノアも場の雰囲気《ふんいき》を察したようで、素早《すばや》く対応してくれた。

そして、事前の説明通り――ノアは流れるような動きでミャムの母親に近づき、両手を翳《かざ》した。

「…………っ」

黙《だま》って様子を見守っていたミャムが、思わず息を呑《の》む。

子供なりに、独特な雰囲気を感じ取っているのだろう。

徐々《じょじょ》に光《ひか》り輝《かがや》き始めるノアの掌《てのひら》。

その光景を見て、俺にも緊張が走る。

……ごくり。

俺が生唾《なまつば》を呑み込《こ》んだ直後。

「《導きの光《ロード・ヒール》》――!!」

ノアが完全治癒能力を発動させた。

その瞬間。

部屋中が眩《まばゆ》い光に包まれ、俺の視界は真っ白になった。

俺も、ミャムも、ミャムの母親も、誰も悲鳴を上げることなく、ただただ輝きの中に身を置いて、ジッとしていた。

やがて《導きの光《ロード・ヒール》》による光放出現象は収まり、徐々に視界が晴れていく。

周囲を確認すると、目の前には先程までと何ら変わらない光景が広がっていた。

心配そうな表情で母親を見つめるミャム。そんなミャムを安心させるように、優しい視線を送るミャムの母親。そして、ミャムの母親に両手を翳すノアの姿。

「………終わった……のでしょうか？」

ミャムの母親が不思議そうに訊ねる。

「？」

ミャムも目をパチパチさせて、母親の状態を窺《うかが》う。

「はい……一応、私の能力は使用しましたが……」

そう言って、ノアは不安そうに俺を見つめてきた。

俺はノアの瞳を見つめ返し、黙って頷《うなず》く。それから、ミャムの母親へと視線を移した。

——ここからは俺の仕事だ。

一見しただけでは、ミャムの母親の身体に《導きの光《ロード・ヒール》》の効果が表れているかどうか判断することはできない。

だが、俺には対象の情報を読み取るチカラがある！

俺は祈るように、《希望の光《ウィッシング・ユー》》をミャムの母親に対して使用した。

『対象名――サーリャ。魔族の女性。
年齢《ねんれい》――352歳《さい》、人間換算《かんさん》で35歳相当、既婚《きこん》。
得意《とくい》技《わざ》――調理ナイフを使用した微塵切《みじんぎ》り。裁縫針《さいほうばり》を使用した縫《ぬ》い付け。
弱点――光魔法。
特記――既往歴、ギール病』

使用し終えた直後――

自然と、俺の心臓が脈打ち始める。

……こ、これは⁉

「サーリャさん！　今、ベッドから起きて立ち上がることはできますか⁉」

俺は咄嗟《とっさ》に大きな声を上げてしまった。

ミャムとノアは、そんな俺をポカンとした表情で見つめている。

「え？　えっと………時間が掛かっても宜《よろ》しいのであれば、立ち上がれますよ。ミャム、そこの杖《つえ》を取ってくれる?」

サーリャさんは全く動けないというわけではない。以前、村の裏手にある小屋まで歩いてきたこともある。ただ、お年寄りのように、ゆっくりとしか動くことができないのだ。

「すみません、不躾《ぶしつけ》なお願いで恐縮《きょうしゅく》なのですが……杖なしで立ち上がれるか、試していただいても良《い》いでしょうか? 俺が近くでサポートしますので!」

「杖なし……で、ですか? それは……その……」

俺の言葉を聞き、急に不安そうな表情になるサーリャさん。

いつも自分の支えとなってくれる杖を使わないで立ち上がる——その恐怖《きょうふ》と不安は、サーリャさん自身にしか分からない感覚だ。

他人の俺が偉《えら》そうに無理《むり》強いするわけにはいかないし、そんなことはできない。

サーリャさんの恐怖心が収まらないのであれば、ここで中止しよう。

俺が、そう決断した時だった——

「お母さん! ウィッシュを信じて! ウィッシュは、お母さんの呪いも解いてくれたでしょ!? だから、大丈夫! アタシも一緒にお母さんを支えるから、挑戦《ちょうせん》してみようよ!」

ミャムがサーリャさんを鼓舞《こぶ》するように言った。

実際、呪いはサーリャさんではなくミャムに掛かっていたのだが、ミャム自身は俺が母親の呪いを解いたと思っている。だから、俺に対して信頼《しんらい》を寄せてくれているのだ。

事実を知るサーリャさんに、果たして今のミャムの言葉が心に届くかどうか……。

「……そうね、ミャムの言う通りだわ。私たちのことを救ってくれたウィッシュさんが仰るのだから……杖なしで立つくらい、やってみましょう」

サーリャさんは俺たちの顔を見た後。

意を決したように、自分一人の力でベッドから立ち上がろうとする。

慌てて近寄る俺を制すサーリャさん。あくまでも、自分一人で立とうとしているようだ。

……サーリャさんは、ミャムの呪いを解いた俺と、愛《いと》しの我《わ》が子であるミャムの言葉を信頼してくれたのだ。その心意気に俺は感謝しながら、注意深く様子を見守る。

すると。

「あ!!　お母さん、大丈夫なの!?」

ミャムの口から、母親の身体を心配する声が飛びだした。

ミャムが心配の声を上げるのも無理はない。

なぜなら、サーリャさんが力むことなく、自然に、立ち上がったから。

その姿を見て、俺とノアも目を大きく開かせる。

「え……こ、これは、いったい、どういう……!?」

一番驚いているのはサーリャさん本人だった。

「ウィッシュさん!!　これは、もしかして……!!」

「ああ!　ノアの《導きの光《ロード・ヒール》》が効いたんだよ!　《希望の光《ウィッシング・ユー》》で、今のサーリャさんはギール病に侵されていないって出たんだ!　ギール病を治せたんだよ!」

俺の言葉の後。

一瞬、静まり返る室内。

しかし、サーリャさんが杖を使わずに部屋を歩き始めると、

「お母さんが普通に歩いてる!　アタシと同じように……歩けてるよ!」

ミャムが嬉しそうに言った。

「まさか……こんなことが……。信じられません……歩くことが全然辛《つら》いと感じないなんて……こんなこと、約１００年振《ぶ》りです……」

人間換算で約10年。ミャムを産む以前から、ギール病に悩《なや》まされていたのだろう。

でも、今日、その苦しみから脱《だつ》することができたのだ。

「……んっぐ!　んっぐ!　う、うわぁあああぁぁぁん!　お母さんが!　お母さんの病気が……治った…………治ったよおおぉぉぉ。うわあああぁぁぁぁぁん!」

ミャムが堪《こら》えきれないとばかりに大声で泣き出してしまった。

もしかしたら、サーリャさん以上に苦しんで悩んでいたのは子供のミャムなのかもしれない。毎日、お母さんの世話をしたり、病気を治そうと危険な場所まで薬草を採りに行っていたりもしたのだ。

ミャムは、杖なしで歩く母親を初めて見るのだろう。

そんなミャム親子を見て、俺の中には熱いものが込み上げてきた。


その後、サーリャさんの身体に異常がないことを確認した俺は、改めて今回の『確認』のお礼を述べた。

「お礼を言うのは私のほうです！　先日の呪いに続き、まさか不治の病と言われるギール病まで治療《ちりょう》していただけるなんて……ウィッシュさん、ノアさん、本当に、ありがとうございましたっ」

サーリャさんは、立ったまま腰《こし》を曲げて感謝の言葉を告げた。

「あっ！　いきなり身体を無理に動かさないほうが良いですよ⁉　ギール病は消えましたけど、衰《おとろ》えた筋肉は元に戻《もど》っていませんから。これから少しずつ身体を動かして筋肉を付けていきましょう！　ミャムも協力してくれるよな？」

「うんっ！　もちろんだよ！　アタシ、これから毎日お母さんと一緒に運動する！」

満面の笑みで応えるミャム。

「……これで、夫も村に帰ってきてくれるかもしれません。そうなれば、私とミャムと夫、三人揃《そろ》って、このプキュプキュ村で暮らせます」

サーリャさんは喜ぶミャムを温かい目で見つめながら、感慨深《かんがいぶか》そうに話した。

サーリャさんの夫……ミャムのお父さんか。

「ミャムのお父さん、前に来た時も居なかったけど、今は別の場所に住んでいるのか？」

ふと気になったので訊ねてみた。

「……うん。まあね」

父親の話題になり、さっきまで笑っていたミャムのテンションが急に落ち着く。

「夫は、私が病に侵されて以来、ギール病を治すための研究を続けておりまして。この田舎《いなか》村での研究に限界を感じたため、今は魔界《ヘラ》の中央都市へ行って研究をしているんですよ」

「そうだったのですか……」

愛する妻の病気を治すため単身で都会へ行き、病の研究をする夫か……。不治の病に侵されたと知った時の旦那《だんな》さんの気持ち……想像するだけで胸が痛くなってくる。

きっと、今も必死になって解決の糸口を探《さぐ》っているのだろう。

「夫はミャムが生まれて間もない頃に出て行ってしまったので、この娘《こ》は父親のことを知らないまま育ってしまいました……だから、早くミャムに父親の顔を見せてあげたいです」

「そうですね。ミャムも、お父さんと会いたいよな？」

「うん！　お父さん、すっごく強いんだぁ！　プキュプキュ村の英雄《えいゆう》だったんだから！ね？　そうだよね？　お母さん！」

「ふふっ、この娘《こ》ったら。ほとんど覚えてないのに、父親の話をよくするんですよ」

「違《ちが》うもんっ。お母さんがお父さんの話を聞かせてくれるからだもんっ」

「あらあら、そうだったかしらね。ふふっ」

幸せそうに笑うミャムとサーリャさん。家族を苦しめていた原因が無くなったことにより、部屋中が一気に明るくなっていた。

俺は二人を見つめながら、ミャムたち家族が一緒に幸せに暮らせるよう強く願った。

こうして、俺たちは魔界《ヘラ》で大きな収穫《しゅうかく》を得ることができたのだった。

正直、今回は「ギール病を治す糸口を掴《つか》めたらいいな」くらいの感覚で来たのだが、期待を遥《はる》かに超《こ》える成果を出すことができた。

これも全てノアのおかげである。

ノアのチカラを以《も》ってすれば、魔界《ヘラ》からギール病を根絶させることだってできるかもしれない。そうなれば、人間と魔族《まぞく》の戦争が終結し、融和《ゆうわ》の道へ進む可能性もある。

俺《おれ》は、未来への大きな光を感じていた。

ミャムとの別れ際——

「ねぇ、ウィッシュ。これ、あげるっ！」

俺はミャムに不思議な小物を手渡《てわた》された。

渡されたのは、手のひらサイズの黒い結晶体《けっしょうたい》。三角の形をしており、黒い結晶の中には少しだけ白い光が宿っている。

「「？」」

俺とノア、二人して結晶体を見て首を傾げてしまう。

「それはね、アタシとお母さんが作ったお守りだよ！　前にウィッシュたちが来た後、ブラック……ロア？　とかいう素材を使って、お母さんと一緒に作ったの！」

ブラックロアといえば、強化発泡《はっぽう》スチロール作製のために使用した魔界《ヘラ》産の超《ちょう》レア素材であり、ここプキュプキュ村の特産品だ。

「おぉ……それは凄《すご》いな。けど、いいのか？　俺が貰《もら》っちゃっても」

「うん！　もちろん！　ウィッシュが次にプキュプキュ村に来た時にあげようと思って作ったんだぁ。アタシとお母さんの魔力《まりょく》が込められてるから、ウィッシュに何かあった時、守ってくれるよ！」

「そいつは心強い。ありがとう、ミャム」

「お礼を言うのはアタシのほう。アタシの大切なお母さんを助けてくれて本当にありがとう！　ウィッシュは、いつも約束を守ってくれるアタシにとってのヒーローだよ！　また、いつでもプキュプキュ村に遊びに来てね！　次は、お父さんも一緒に歓迎《かんげい》するから！」

「おう！　楽しみにしてるぜ！　それじゃ、俺が次に来るまで元気でな！」

「ミャムちゃん、また会いましょうね！」

俺たちはミャムと別れの挨拶を交わし、プキュプキュ村を後にした。


レピシアに戻るため、神々の墓場《ヘラシオン》へ向かう俺とノア。その道中にて——

「本当に良かったです……ミャムちゃんとお母さんが元気になってくれて……。それにしても、まさか本当に私のチカラが役に立つなんて思いませんでした」

ノアが両手を胸の前で重ね、感慨深げに言った。

「ノアのチカラは本物だ。魔族にとっても人間にとっても今日の出来事は大きな一歩となるはずだ。世界《せかい》中のみんなが、幸せに、笑顔に暮らせるようになるのも、そう遠くないかもしれないな」

異世界《せかい》で病弱だったノア。そんなノアが望んだ「世界《せかい》から病気がなくなってほしい」という強い願い——その気持ちによって生まれたチカラ《導きの光《ロード・ヒール》》。

ノアの優しさが生んだ慈愛《じあい》のチカラは、いずれ世界《せかい》を平和に導くはずだ。

未来への明るい希望を胸に抱《いだ》いていると、

「みんなが……幸せに…………ウィッシュさんと……私も……」

消え入りそうなノアの声が、そっと耳に届いてきた。

……そうだ。

世界中《せかい》の人間や魔族の幸せを考えることも大切だが、俺はノアに言わなければならないことがある。

レピシアへ帰ったら、ノアに自分の気持ちを伝えるんだ——

隣《となり》を歩くノアの姿を見やり、俺は決意を固める。

すると……その直後。

なぜか俺の脳内にノアの情報が流れてきた。

『対象名——織部乃愛《おりべのあ》。異世界《せかい》出身の人間の少女。

年齢——17歳、独身。

得意技――《導きの光《ロード・ヒール》》。対象の病気や怪我《けが》を治癒《ちゆ》する能力。その効果は心停止や部位欠損にまで及《およ》び、全てを復元、治療する。低温環境《かんきょう》では、より効果が高まる。
弱点――暗所。
特記――所属パーティーのリーダーに愛の告白をし、現在は相手男性からの返答待ちの状態』

研《と》ぎ澄《す》まされた俺の感覚により、勝手に発動してしまった《希望の光《ウイッシング・ユー》》。

心のどこかで、「ノアのことを知りたい」と願ってしまったのかもしれない。

結果、俺はノアの情報を知ってしまったのだった。

まさか、《希望の光《ウイッシング・ユー》》からもノアへの返答を急《せ》かされてしまうとは思わなかったが……。

その後。

俺は心の中でノアに謝《あやま》りつつ、暗所の樹海を歩いた。

ノアが怖《こわ》がらないよう、近くに寄り添《そ》って――

五章　決戦

無事に神々の墓場《ヘラシオン》を抜け、レピシアへと戻ってきた俺とノア。

しかし、追憶の樹海《フォルニウム》の門《ゲート》から出てきた俺たちを出迎《でむか》える者は誰《だれ》も居なかった。

代わりに俺たちを出迎えたのは、不穏《ふおん》な空気だった。

「……ミルフィナたちはアークに帰ったのかな？」

まだ日中帯の時刻だ。

以前、俺とリリウムが魔界《ヘラ》に行った際は、樹海の中で夜中になるまで帰りを待っていたミルフィナ。あの時は俺と離れるのが嫌《いや》で大泣きしていたようだが……。

ミルフィナも成長したってことかな。

「……？　フォルニスさんも居ないみたいですね？」

樹海の主《あるじ》であるフォルニスの姿が見えないのは珍《めずら》しいことだった。たまにアークに顔を出すことはあっても、フォルニスは基本的に樹海の中から出ることはない。

——余程《よほど》のことがない限り。

俺が異変を感じているのは、それだけではない。

「なんか……焦《こ》げたような臭《にお》いがする……」

追憶の樹海《フォルニウム》に降り立った直後から、異臭《いしゅう》が鼻の奥を刺激《しげき》してきているのだ。

いつもの樹海内は、自然の樹木の香りが鼻腔《びくう》をくすぐってくるのだが、今は木材が燻《くすぶ》って焼け落ちた後のような臭気《しゅうき》が漂《ただよ》ってきていた。

「ウィッシュさん……私、なんだか胸騒《むなさわ》ぎがします……」

「……ああ、俺もだ。すぐにアークへ向かおう!!」

「はい!!」

レピシアへ戻ったら、すぐにでもノアに返答しようと考えていた。

しかし、今はそれよりもアークに向かうことを優先したかった。

全身に感じる悪寒《おかん》――

今は、この嫌な感じを一刻も早く払拭《ふっしょく》させたかった。

アークに到着《とうちゃく》する直前。

進行方向の先から、大量の黒煙《こくえん》が空高く舞《ま》い上がった。

煙《けむり》が発生している場所――そこはアークの位置と重なっていた。

「……い、いったい、なにが⁉」

立ち昇《のぼ》る黒煙を見て、ノアが声を漏《も》らす。

その直後。

ドゴォンッという耳を劈《つんざ》くような大きい音が轟《とどろ》いてきた。

音の発生源も煙の発生地点と同じ……アークの方角からだった。

「急ぐぞ‼」

胸騒ぎがした俺は、急いでアークへ駆《か》ける。

アークに近づくにつれ、悪寒が増していく。

……頼《たの》む！　何も起きてないでくれ！　頼む！　アークの皆《みんな》が無事で居てくれ！

アークに着いたら、住民たちが平和に過ごしていて、ミルフィナが「おかえり！」と陽気な声で出迎えてくれる………そんな日常の光景を強く心に願う。

そうして俺の目に飛び込んできたのは――

アークの入り口に立つ黒ローブの男の姿だった。

――直感する。

あの男は危険だ……ッ‼

離《はな》れた場所からでも伝わってくる強烈《きょうれつ》なプレッシャー。

そして、この世の全てを呑《の》み込むようなドス黒いオーラが全身から漏れ出ており、漆黒《しっこく》の髪色《かみいろ》と相まって、男は辺り一面に異様な空気と魔力を撒《ま》き散らしている。

魔力感知ができない商人の俺ですら全身に感じる『魔《ま》』の圧力。その事実が、男の危険性を表していた。


漆黒の男に目を奪《うば》われていた俺だったが──

直後、視界に入ってきた光景によって、一瞬で絶望に堕《お》とされる。

アークの入り口前で倒《たお》れるリリウムとミルフィナ……ルゥミィ……そしてフォルニスの大きな身体《からだ》。

仲間たちは、まるで眠《ねむ》っているように動かず、全員が地面に倒れていた。

「リリウム!!　ミルフィナ!!　ルゥミィ!!　フォルニス!!」

「リリウムさん!!　ミルちゃん!!　ルゥミィさん!!　フォルニスさん!!」

俺とノア、同時に大きな悲鳴を上げる。

その瞬間《しゅんかん》、俺たちの声に応じるかのように、黒ローブの男が俺たちのほうへ振《ふ》り向いた。

漆黒の髪とは対照的な明るい真紅《しんく》の瞳──男の紅《くれない》の瞳に見つめられた俺は、視線を突《つ》き刺《さ》されただけで自分の心臓を貫《つらぬ》かれたような感覚に陥《おちい》ってしまう。

「────ッ!!」

俺は、負けじと奥歯《おくば》を噛《か》みしめて男に向けて疾走《しっそう》する。

男に近づくにつれ、アーク付近の状況《じょうきょう》が露《あら》わになっていく。

倒れていたのはリリウムたちだけじゃなかった。

賢者《けんじゃ》ノエル、魔《ま》法使《ほうつか》いパル、聖騎士ガリウスの3人も地面に倒れ伏《ふ》していた。

凄惨《せいさん》な光景を目の当《ま》たりにした俺は、心臓の鼓動《こどう》と走る速度を速める。

くそっ!!　嫌な感覚が当たっちまった!!

あの男はアークを狙《ねら》ってやってきた『敵』。リリウムたちは、あの男にやられたんだ!!

……頼む!!　まだ生きて…………間に合ってくれッッ!!

男へ向かって駆ける最中《さなか》、俺は心の中で仲間の状態を案じていた。

「……はぁっ……はぁっ…………みなさん、どうか……どうかっ……!!」

俺と並走《へいそう》するノアからも悲痛な声が漏れ出る。

……あの男の間合いに入ったら、必ず戦闘《せんとう》になる!!

それよりも先に、あいつの正体を《希望の光《ウィッシング・ユー》》で見破ってやる!!

『対象名――ゼフィレム。魔族の男性。
年齢――361歳、人間換算で36歳相当、既婚。
得意技――前方へ向けて放つ、闇《やみ》属性の魔《ま》法攻撃《ほうこうげき》《混沌の光《カオティック・ノヴァ》》。使用者の周囲に高出力の闇属性エネルギーを発生させ、致命傷《ちめいしょう》を与《あた》える《永劫の闇《ジ・エタニティー》》。発生した闇エネルギーは、触《ふ》れた者の五感を奪う。
弱点――なし。
特記――魔王《まおう》軍を率いる魔王。闇属性魔法を得意とするが、四大魔素である火、水、風、土、全てを操《あやつ》ることができる。髪が真紅に染まった時、魔法力が倍増する』

魔王だって!?

なんで、魔王軍の総大将がアークに!?

……いや!!　そんなことよりも!!

「仲間を傷つけるヤツは、魔王だろうが何だろうが許せねぇ!!」

「…………………」

口を閉じたまま射貫《いぬ》くような視線を突き刺してくる魔王ゼフィレム。

俺はゼフィレムに向けて、さらに速度を上げる。

そして――

ゼフィレムを眼前に捉《とら》えた俺は、ナイフを握《にぎ》る力を強め、大きく踏《ふ》み込む。

相手に弱点がなかろうが、今の俺には関係ねぇ!!

これは追放者パーティー結成以来、最大の危機だ。

出し惜《お》しみや手加減なんか必要ない!! 躊躇《ちゅうちょ》なく『弱点付与《ふよ》』の能力を使ってやる!!

貧弱《ひんじゃく》な伐採《ばっさい》用ナイフの刃《やいば》を光らせ、魔王の身体めがけて斬《き》り込む。

その瞬間。

「――――」

魔王ゼフィレムの身体から、音もなく漆黒の『闇』が広がった。

俺が目視で『闇』を確認した時には、初動攻撃《こうげき》の勝敗は決していた。

視界全体が闇に呑まれた俺は、全ての感覚が一瞬で消失する。

次に視界に光が差し込んだ時――

「……ぐはっ!! うっ……がはっ!!」

目の前は真っ赤な色で染まっていた。

嗚咽《おえつ》とともに吐《は》き出した大量の俺の血だ。

俺は地面に倒れ伏した状態で顔だけを横に向けていた。地面から巻き上がる砂埃《すなぼこり》の匂《にお》いと血の臭いが俺の鼻を襲《おそ》ってくる。視覚に続き、嗅覚《きゅうかく》も戻ってきていた。

「――さん!!　――ッシュさん!!」

痛覚とともに聴覚《ちょうかく》も徐々に回復していき、ノアの絶叫《ぜっきょう》のような悲鳴が聞こえてきた。

「……んぐ…………ぐッッッッ!!」

しかし、身体が動かない。

無理矢理《むりやり》にでも動かそうとするが、まるで地面と一体化してしまったかのように全身が固まってしまっていた。

再びノアの声が耳に響《ひび》いた直後、俺の全身に光が流れてくる。

「――《癒《ヒール》の光》!!」

……温かい。

俺の身体が光に溢《あふ》れ、大きな温《ぬく》もりに包まれる。

その後、何事も無かったように俺は立ち上がり、周囲の様子を確認する。

魔王ゼフィレムに斬りかかったはずの俺。しかし、今は敵との距離《きょり》が空いていた。

「ありがとう、ノア」

瞬時《しゅんじ》に状況を悟《さと》り、ノアに礼を言う。

俺はゼフィレムの攻撃を受け、一瞬《いっしゅん》にして弾《はじ》き飛ばされてしまったのだ。

——致命傷を負って。

「……あ、あぁ……ウィッシュさん……!! 良かったです!! なんとか無事に回復できたようですね!!」

瞳に大粒《おおつぶ》の涙《なみだ》を溜《た》めたままノアが抱《だ》きついてくる。

ノアの《導きの光《ロード・ヒール》》が無かったら、俺は今のゼフィレムの攻撃で死んでいた。

俺の視線の先では、魔王ゼフィレムが微動《びどう》だにせず、佇《たたず》んでいる。

ジッと突き刺すように、真紅の瞳を俺に向けてきている。

……っく!! なんて攻撃力《こうげきりょく》と反応速度だ!!

ヤツは完全にノーモーションで攻撃を放ってきたのだ。その上、殺気も全く感じられなかった。俺は攻撃を受けた自覚がないまま吹《ふ》っ飛ばされて、気づいたら地面に寝転《ねころ》がっていたのだ。

『弱点付与』を使う間も隙《すき》も無かった。先に攻撃を仕掛《しか》けたはずの俺が、完全な返り討《う》ちに遭《あ》ってしまったのだ。自分でも知らない間に。

——これが本物の魔王。

俺は心のどこかで油断していたのかもしれない。魔界《ヘラ》の魔獣《まじゅう》を簡単に討伐《とうばつ》した『弱点付与』の能力さえあれば、負けることはない……と。

目の前の相手は魔王軍のトップ、魔王なのだ。魔族最強の存在であり、一介《いっかい》の商人である俺なんかが相手にするような敵ではない。戦闘能力に差がある「格の違う存在」なのだ。伝説の魔竜《まりゅう》と畏《おそ》れられるフォルニスでさえ敗北してしまったのだから。

俺が気を引き締《し》めていると、

「――そのチカラ、やはり転生者か」

突然《とつぜん》、その別格の存在である魔王が口を開いた。

ゼフィレムの視線は相変わらず俺を突き刺しているが、発言の内容はノアに向けてのものだろう。ノアの《導きの光《ロード・ヒール》》を見て、一瞬で転生者だと見抜《みぬ》いたのだ。

「あの方は……いったい何者なのでしょうか……なぜ、アークに……」

ゼフィレムの言葉を受け、声を震《ふる》わせるノア。

「アイツは魔王だ。魔王ゼフィレム……」

「魔王⁉　そ、そんな……まさか……」

「魔王がアークに来た理由は分からない……だけど、俺たちがアイツと戦わなきゃならないのは間違《まちが》いない！　リリウム、ミルフィナ、ルゥミィ、フォルニス……ノエル、パル、ガリウス、それに、アークのみんなを助けるんだ！」

魔族との融和を目指すためには、目の前の相手に俺たちの話を聞かせる状況をつくらなければならない。

そのために、まず俺たちがやるべきこと――

それは仲間たちの治療だ！

「はい！　一刻も早く、リリウムさんたちを助けないと！」

地面に倒れる仲間たちは、未《いま》だピクリとも動かない。

仲間たちの状態が気になるが、ノアの《導きの光《ロード・ヒール》》さえ使用できれば、みんなは無事に復活するはずだ。

気になるのは、アークの住民たちの状況だ。

アークの建物からは黒い煙が上がっており、町に被害《ひがい》が発生していることが窺い知れる。

仮に住民たちが避難《ひなん》していたとしても、無傷ということはないだろう。

みんなは無事なのか!?

どんどん不安が押《お》し寄せてくる。

……いや……今は無事を信じるしかない！

俺は頭を振って、目の前の状況に神経を集中させる。

「ノア、俺がゼフィレムを引き付けてる間に、みんなの治療を頼む」

「え⁉　ウィッシュさん一人で魔王と戦うのですか⁉」

「ああ。今、戦えるのは、この場に俺しかいないからな」

正直、魔王となんか戦いたくないが…………仲間を守るためなら、いくらでも命を張ってやる‼

「私もウィッシュさんと共に戦います‼」

俺の目を見つめながら、力強く言ってくるノア。

ノアの気持ちは嬉《うれ》しいし、心強い。でも――

「これは俺の役目だ。ノアにはノアの役目があるだろう？　俺はノアのことを信頼している。だから……ノアも俺のことを信頼してほしい」

俺もノアを見つめ返し、真剣《しんけん》な表情で応えた。

ノアは一拍《ぱく》置いて、小さく頷く。

「……はい。でも！　絶対に無理はしないでくださいね⁉」

「ああ！　ノアに危害が及ばないよう、全力で守ってみせる！」

ノアは優《やさ》しい言葉を掛《か》けてくれたが、ここは俺が無理をしなければならない状況なんだ。

以前の勇者パーティーでは「目立ちすぎ」と言われ追放された俺だが、今は前衛としてヒーラーを守る壁《かべ》になる必要がある。

俺が仲間を守るんだ！

気力を高め、俺は再び魔王ゼフィレムに向けて疾走する。

一方、ノアは俺と距離を取りつつ、倒れている仲間のもとへ走っていく。

細かい作戦を話し合う時間的余裕《よゆう》がない中で、俺とノアは以心伝心の動きを取った。

さっきは仲間が倒れている凄絶《せいぜつ》な光景を目にしたことから、冷静さを欠いてしまった。

でも今は、魔王ゼフィレムの動きを止めることだけに集中している。

仲間のことはノアを信じ、ノアに任せる。

「人間という生き物は学習能力が無いのか。まるで下級魔族《レッサーデーモン》と同じではないか」

先程《さきほど》と同じ体勢で一直線に駆ける俺に向け、魔王ゼフィレムが言い放ってきた。

言葉の内容には嘲《あざけ》りの意味が含《ふく》まれているが、顔は無表情で、ゼフィレムのほうこそ無機物のような存在に感じられる。

また、ゼフィレムは自分から攻撃するような素振《そぶ》りを見せず、その場から一歩も動くことなく、置物のように地面に突っ立っている。

その姿や態度から、俺たち人間を観察する神のような存在にすら思えてくる。

……しかし！

ゼフィレムは魔王！　俺の仲間を傷つけた最強最悪の相手なのだ！

俺は走りながら神経を研ぎ澄ませる。

そして、漆黒の魔王を倒すべく、刹那《せつな》の間に思考を巡《めぐ》らせる——

さっき俺が受けた攻撃は、おそらく《永劫の闇《ジ・エタニティー》》という近距離《きんきょり》対象への高威力魔法攻撃《こういりょくまほうこうげき》だろう。ゼフィレムの間合いに入った瞬間、『闇』が発生し、それに触れただけで五感を奪われた上、致命傷を負ってしまう。攻撃と同時に、鉄壁《てっぺき》の防御《ぼうぎょ》にもなる魔法である。

……つまり、俺はゼフィレムに触れることすらできないのだ。

距離を取って戦おうとしても、《混沌の光《カオティック・ノヴァ》》という遠距離魔法《えんきょりまほう》が飛んでくることが予想される。

近距離戦も遠距離戦も仕掛けられない。また、弱点もなく、感情を読み取って行動を予測することも不可能。まさに、魔王に相応《ふさわ》しい戦闘能力と精神力だ。

確実に勝てる戦法はないし、『弱点付与』も絶対的な攻撃手段にはならない。

だけど、俺は逃《に》げるわけにはいかねぇ!!

ノアが皆を回復させるまでの間、なんとしても俺が時間を稼《かせ》ぐんだ!!

——魔王ゼフィレムに向け、一直線に駆ける俺。

ゼフィレムの間合いには、まだ届いていない。

「ハァァァァァァァァァァァ!!」

しかし、俺はナイフを翳《かざ》し、大声を上げる。

「…………」

そんな俺に、ゼフィレムは無言の表情を向け続けている。

心の中で「下級魔族《レッサーデーモン》にも劣《おと》る生物」とでも罵《ののし》っているのだろうか。

魔族を統《す》べる魔王に比べれば、俺なんか取るに足らない存在かもしれない。

だが！　ちっぽけな人間でも魔王に対抗《たいこう》できるってところをみせてやる！

「やぁぁ…………ハァッ!!」

俺は、泰然《たいぜん》と構えるゼフィレムに向けて全力で疾走――

……することなく、その場で急停止した。

攻撃を仕掛ける直前で、俺は振り上げていたナイフを下げる。

「？」

これまで表情を崩《くず》すことのなかったゼフィレムも、少しだけ驚《おどろ》いたように目を見開いている。

真正面からゼフィレムに突っ込《こ》むのは自殺行為《こうい》だ。『闇』の餌食《えじき》になることは分かり切っている。今の俺は、ゼフィレムの間合いに入らず、距離を取る戦法を選ぶしかないのだ。

「…………」

俺は一瞬だけゼフィレムから視線を逸《そ》らし、ノアの様子を確認《かくにん》する。

ノアは倒れている仲間たちのもとへ駆け寄り、《導きの光《ロード・ヒール》》の発動準備に入っている。

ノアの姿を視界で捉えているはずの魔王ゼフィレムは、ノアの様子を一切《いっさい》気にすることなく、視線を俺に集中させている。

……ゼフィレムの『目的』は俺なのか⁉

アークを滅《ほろ》ぼすことが狙いなら、俺たちが到着する前に目的は達成しており、この場に残っている理由はない。そうすると他の目的が考えられるのだが、転生者のノアの抹殺《まっさつ》でもないとなると…………消去法で、俺ということになる。

もしそうなら、こちらとしては都合が良《い》い。

俺はハナから一人でゼフィレムを倒そうだなんて考えちゃいない。

俺の役目は、あくまでも時間稼ぎ――――ノアが仲間たちを回復させた後、全員で魔王ゼフィレムの相手をしようという算段なのだ。

ゼフィレムがノアを無視してくれるのなら、こっちのペースで事が進む。

変わらず、俺だけに視線を向け続ける魔王ゼフィレム。

どうやら、ゼフィレムはノアの《導きの光》《ロード・ヒール》の効果を把握《はあく》できていないようだ。本来なら、俺ではなくノアを優先的に狙うべき状況である。俺たちパーティーは、ノアさえ健在なら何度でも復活できるのだから。

……このまま俺と無駄《むだ》な睨《にら》み合いを続けてくれよ……魔王さんよ。

心の中でゼフィレムに問いかけていると、

「──《混沌の光》《カオティック・ノヴァ》」

ゼフィレムが何の予備動作もなく、俺に向けて攻撃を放ってきた。

襲い掛かる漆黒の衝撃波《しょうげきは》。

「……ッ!!」

視認《しにん》した時には身体が咄嗟《とっさ》に反応していた。

俺は超高速《ちょうこうそく》で飛んできたエネルギー波を、ナイフの刃で真正面から受けていた。

ナイフを持つ両手に、とてつもない圧力が押し掛かってくる。

過去に受けた、どんな攻撃よりも重い。

しかし、その強力な魔法攻撃が俺の身体に当たることはなかった。

ゼフィレムから放たれた漆黒波は、俺のナイフに触れた瞬間──刃に当たった部分が光《ひか》り輝《かがや》き、まるで裂《さ》かれた紙切れのようにヒラヒラと空中に舞い上がり、やがて霧散《むさん》したのだった。俺の手には、その残滓《ざんし》の衝撃《しょうげき》だけが残る。

「――フム。貴様の能力は対象の攻撃の無力化、もしくは強制的に性質を変えるチカラか。また、余との間合いを警戒《けいかい》したことから、先程の初撃によって何らかの情報を得たとも考えられるな。情報操作、情報解析《かいせき》といった類《たぐい》の能力も備えていると見るべきか」

自分の必殺技《ひっさつわざ》が防がれたにも拘《かか》わらず、一切表情を変えない魔王ゼフィレム。

それどころか、独り言のように淡々《たんたん》と状況分析《じょうきょうぶんせき》をおこなっていた。

……くそ、やりづらい相手だな……俺のことを舐《な》めてるのかと思えば、いきなり躊躇なく必殺技を放ってきたり、冷静に分析したり……。それに、俺の能力の核心《かくしん》部分にも迫《せま》られてしまっている。まさか、この短時間で情報を読み取られてしまうとは。

まぁ、そういう俺もゼフィレムの攻撃方法を予《あらかじ》め知っていたおかげで、《混沌の光《カオティック・ノヴァ》》に対応することができたのだが。

『弱点看破』が無機物に対しても効果を発揮するのだ。『弱点付与』も剣《けん》や魔法に効くという予測は簡単に立てることができる。

結果、俺の予想通りだった。

「………俺の能力が気になるのか？　魔王ゼフィレムさんよ」

俺は挑発《ちょうはつ》するように言ってやった。

これはイチかバチかの賭《か》け……相手の狙いを掴むための問いかけだ。

「なるほど。情報看破の能力か」

俺たちは攻撃を撃《う》ち合ったが、互《たが》いに名は名乗っていない。一介の商人である俺が、魔族の名を知る術《すべ》はないのだ。…………普通《ふつう》なら。

俺の能力の一端《いったん》を知らせることで、ゼフィレムの反応に変化が表れるかどうか……それを確認したかったのだ。

「目的は何だ。俺に用があるなら、俺だけを相手にしろ」

魔王軍の目的はレピシアを制圧すること。最終的にはレピシアに住む人間を全て滅ぼすつもりなのだろうが、魔王自ら単騎《たんき》で辺境の町に攻《せ》め込んでくるなど、凡人《ぼんじん》の俺には全く理解できないことだった。

「――ということは、先程の治癒《ちゆ》能力は女のチカラか」

ゼフィレムは俺の言葉には答えず、なにやら呟《つぶや》いている。

かと思ったら――

突然、ゼフィレムは俺から視線を外し、別の方向へと顔を向けた。

「……っ⁉」

慌《あわ》ててゼフィレムの視線の先――攻撃の照準先を確認する。

…………ノア⁉
ゼフィレムは、《導きの光《ロード・ヒール》》を発動させているノアに冷たい視線を突き刺していた。
マズい‼
今のノアは身動きができない状態なんだ‼
離れた場所に居る俺に、ヤツの超高速の魔法攻撃《混沌の光《カオティック・ノヴァ》》を止める術はない。
このままだと、ゼフィレムの必殺技がノアに直撃《ちょくげき》してしまう！
殺気を感じ取ったのだろうか、瞬間的《しゅんかんてき》にノアの視線がゼフィレムに向く。
しかし、最強の魔王の攻撃に対抗する手段はない。
まさに絶体絶命の状況。
ノアーーーッッ‼
俺《おれ》の声が音になる間際《まぎわ》……心が絶望に侵蝕《しんしょく》されようかという瞬間――
ドスッ‼　という鈍《にぶ》い音が耳に飛び込んできた。
「ぐッ⁉」
同時に、魔王ゼフィレムから声が漏れ出る。
この戦闘で初めて苦悶《くもん》の表情をみせるゼフィレム。
ノアに《混沌の光《カオティック・ノヴァ》》は放たれていない。

逆に、ゼフィレムに向けて直剣《ちょっけん》が振り下ろされていた。

ゼフィレムの前に現れた、一人の男の手によって——


「レヴァン⁉」


男は、俺のよく知る人物——俺が憧《あこが》れた『勇者』に間違いなかった。

真っ黒い液体が付着するレヴァンの剣。黒い液体……ゼフィレムの血が、レヴァンの持つ剣の刃からドロドロと地面に滴《したた》り落ちる。

地面には、血だけでなくゼフィレムの右腕《みぎうで》も転がっていた。

「貴様は——」

突然の勇者登場に、さすがの魔王も驚きを隠《かく》せないようだった。

「フンッ。こんな辺境の地で人間の商人と本気《マジ》になって戦ってる雑魚《ざこま》魔族《ぞく》に、僕《ぼく》の名を名乗る必要はないな」

レヴァンは剣を振って、黒い血を払《はら》い落とす。

——見事な剣速と正確さ、そして絶大な威力《いりょく》だった。

完全に気配を消した状態からのレヴァンの一撃《いちげき》。ゼフィレムはレヴァンの攻撃に対応できず、あっさりと右腕を斬り落とされたのだ。

「レヴァン……どうして、ここに⁉」

かつての仲間でありパーティーのリーダーでもあり、勇者でもあった人類最強の男レヴァン。俺との決闘《けっとう》の末、一人でアストリオンを去ったのだが、まさか魔王との戦闘中に手助けに入ってくれるとは………しかも、最大の窮地《きゅうち》の場面で。

「そんなことを訊《き》いている暇《ひま》があるのか？　あの女にやらせることがあるのなら、早くやらせろ。そこの雑魚魔族の気が逸れている内にな」

レヴァンの言い方は刺々《とげとげ》しいが、言っていることは尤《もっと》もだ。

驚きのあまり《導きの光《ロード・ヒール》》の使用を止《と》めてしまっているノア。

今は、一刻も早く仲間たちを回復させることが重要だ！

俺はレヴァンに頷《うなず》き返し、

「ノアーー!!　仲間の治療《ちりょう》に集中してくれ!!　こっちは俺が何とかするから!!」

ノアに向けて大声を飛ばした。

ノアは首を大きく縦に振《ふ》り、再び《導きの光《ロード・ヒール》》を発動させた。

俺は仲間の治療に戻《もど》ったノアから魔王ゼフィレムへと視線を移す。

ゼフィレムは地面に転がった自分の右腕に近寄り――

「…………」

無言で右腕を自分の足で踏み潰《つぶ》した。

先程まで自分の身体の一部だった腕……それを躊躇《ためら》いもなく踏み潰すとは……。

ゼフィレムの異様な行動により、場には張り詰《つ》めた空気が漂い始める。

直後、踏み潰された腕から黒い煙が発生し、ゼフィレムの口へ流《なが》れ込んでいく。

すると……ゼフィレムの消失した右腕が、何事もなかったかのように復元され、一瞬にして元の状態に戻った。

「なんてヤツだ……」

「フンッ。相手は魔族《まぞく》だ、いちいち驚いてたらキリがない。そんなことより、さっさと倒すぞ」

自然な感じで告げたレヴァンの言葉。

「レヴァンと……俺が、か……？」

まるでパーティーメンバーに向けて発したようなレヴァンの言葉に、俺は吃驚《びっくり》していた。

「他に誰がいる。僕が右側から攻めるから、お前は左側から攻撃しろ。商人でも、お前ならできるだろう？」

「……あ、ああ！　…………任せろ！」

――俺とレヴァンが共闘《きょうとう》して相手に立ち向かう。

以前の勇者パーティーでは一度も無かったことだ。レヴァンはガリウスやパル、ノエルと共に戦闘することはあっても、俺とは一線を引いて距離を置いていた。

レヴァンは俺のことを戦闘要員とは思っておらず、パーティーの荷物持ちとしてしか見ていなかったのだ。

それが、今……肩《かた》を並べて、魔王と対峙《たいじ》している。

最強の相手を前にしながら、俺は自然と笑《え》みが零《こぼ》れてしまった。

「いくぞ！」

そんな俺の心中を知ってか知らずか、レヴァンが掛け声と共に威勢《いせい》よく魔王に向かっていく。

「ああ！」

俺とレヴァン、並ぶようにしてゼフィレムに駆けた後――敵を目前にしたところで、瞬時に左右に距離を取った。

ゼフィレムの右手に回るレヴァンに対し、俺は左手に回る。

俺たちの行動に動じることなく正面から向き合う魔王ゼフィレム。「劣等《れっとう》種族の人間が何をしようとも無駄」とでも言わんばかりの態度である。

先程までは魔王の超然《ちょうぜん》とした態度に圧を感じてしまっていたが、今は不思議と冷静でいられた。

一人で倒せない相手なら、二人で挑《いど》めばいい。二人でもダメなら三人、三人でもダメなら四人…………俺には心強い仲間が居るんだ！

そう思うと、心に闘志《とうし》と気力が込み上げてくる。

たしかにゼフィレムは強い。

《永劫の闇《ジ・エタニティー》》による攻防《こうぼう》一体のチカラは、付け入る隙すらないように思える。

しかし！　それは、あくまでも俺一人なら、という話だ。

二人で攻撃を仕掛ければ、ヤツの間隙《かんげき》を突くことはできる！

泰然自若《たいぜんじじゃく》と構える魔王に向かって、俺とレヴァンは同時に武器を振り翳す。

レヴァンは勇者の直剣、俺は伐採用のナイフ。

「無駄だ――」

その瞬間、魔王ゼフィレムは自身の周囲に『闇』を発生させた。

視認できる『闇』は全部で5つ。全て人間の顔くらいの大きさだが、触れた瞬間に戦闘の幕が下り、俺たちの敗北が決定してしまう恐怖《きょうふ》の『闇』だ。

さっきは突然のことで『闇』に対処できなかったが、今は違《ちが》う。

ヤツの遠距離攻撃《えんきょりこうげき》《混沌の光《カオティック・ノヴァ》》を消滅《しょうめつ》できたのだ。

この『闇』だって打ち払えるはず！

俺はレヴァンよりも一瞬早く攻撃を繰《く》り出す。

——ゼフィレムの『闇』に向けて。


希望の光は魔王の闇になんか負けない！

この闇は、全て俺が消し去ってやる！


「ハアアアアァァァァッ‼」

掛け声と共に放たれた俺のナイフ攻撃。

《希望の光《ウィッシング・ユー》》による攻撃により、ナイフと『闇』が触れた瞬間、チカチカッと放電現象のような雷撃《らいげき》が発生。純銀のナイフの刃もキラリと光り輝き——

ゼフィレムの『闇』を見事に斬り裂いた。

「——ッ」

一瞬、顔を歪《ゆが》めるゼフィレム。

俺は構わず、二撃、三撃とナイフを振り払い…………5つ全ての『闇』を消滅させる。

まさに、その瞬間だった——

「フゥウウンッッ!!」

直剣の柄《グリップ》を両手で握り締め、天高く振り翳していたレヴァンが、その矛《ほこ》を魔王へ振り下ろした。

直剣の刃はゼフィレムの右肩《みぎかた》に直撃。

そして、肩から胴体《どうたい》を深く抉《えぐ》るように斬り裂いた。

「……っぐ!!」

ゼフィレムから呻《うめ》き声が漏《も》れる。

……いける!

俺とレヴァンが力を合わせれば、最強の魔王とも戦える!

ヤツを守る絶対防御の『闇』を俺が消滅させた後、間髪《かんはつ》容れずにレヴァンがゼフィレムを直接攻撃する——この連係攻撃《れんけいこうげき》を続けていけば、魔王相手にも勝ち目は出てくる!

勝機を見出《みいだ》した俺は、連撃を繋《つな》げるべく追い打ちをかけようとしたのだが……。

ゼフィレムは驚異的《きょういてき》な自己回復能力により、一瞬にして裂かれた右半身を修復させてしまった。そうして、身体を修復した流れのまま、右の掌《てのひら》をレヴァンへ向ける。

——レヴァンは渾身《こんしん》の振り下ろし攻撃を放った直後の状態。ゼフィレムの攻撃を躱《かわ》す余裕などはない！

「させるか！」

今度は、俺がゼフィレムの右腕めがけてナイフを振り下ろした。

『弱点付与』の効果によって、ゼフィレムの右腕は脆《もろ》くも身体から千切れ飛び、再び地面に落下した。

場に、一瞬の静寂《せいじゃく》と間が発生する。

この隙を利用して、俺とレヴァンはゼフィレムの間合いから離れ、後方へと退いた。

ゼフィレムの様子を注視する俺とレヴァン。

「――商人にしては良い判断だ」

レヴァンがボソッと呟く。

追撃《ついげき》ではなく距離を取ることを選択《せんたく》した俺を褒《ほ》めているようだ。

「……アイツは瞬時に自分の身体を再生できるからな。その気になれば、再生後すぐに必殺技を放つこともできるだろう。連撃で攻めると、無意識の内にアイツのペースに嵌《は》まってしまう危険性がある」

ゼフィレムの回復加減によって、こちらは都度対応を変えていかなければならないのだ。

接近戦の場合、一瞬の判断ミスが命取りになる。だから、ここは様子見のため、一度ゼフイレムから距離を取ったのだ。

俺とレヴァンの視線の先……魔王ゼフィレムの斬り落とされたはずの右腕は、既《すで》に身体に戻っていた。

そして、息つく暇もなく――

「《混沌の光《カオティック・ノヴァ》》」

俺たちに向けて攻撃してきた。

その攻撃の照準はレヴァン。

「くぅぅ!!」

瞬時の反応で、俺は闇の漆黒波《しっこくは》を斬り捨てる。

しかし。

「《混沌の光《カオティック・ノヴァ》》」

ゼフィレムは間を空けることなく、追撃を放ってきた。

「ハァアッ!!」

レヴァンの前に出て、漆黒波を退ける俺。

「《混沌の光《カオティック・ノヴァ》》」

そんな俺たちに、無表情のまま攻撃を繰り出してくる魔王。

ゼフィレムは先程の接近戦でダメージを負ったことから、遠距離戦へと戦法を切り替《か》えてきたようだ。魔王としてのプライドや勝ち方になど、全く執着《しゅうちゃく》していない。どんな手段、どんな戦法を用いようとも、相手を滅ぼせばいい……そんな気概《きがい》が伝わってくる。

ヤツの狙《ねら》い通り、俺たちは身動きできず、その場で闇の漆黒波を打ち払うことに専念させられている。

「ッチ!!　小癪《こしゃく》な魔族だッ」

舌打ちをして苛立《いらだ》ちを露《あら》わにするレヴァン。

レヴァンは《混沌の光《カオティック・ノヴァ》》を無力化することはできない。もし俺から離《はな》れ、ゼフィレムの攻撃を受けた場合、レヴァンは即死《そくし》してしまうだろう。

ゼフィレムの遠距離攻撃を俺が受け、斬り捨てる……そんな膠着《こうちゃく》状態が続く。

互いに決め手がない。

……あと一手……あと一人足りない!!

魔王《まおう》相手に膠着状態に持ち込めたのは良いが、二人だけでは今の状態が限界だ。

このままだと、ゼフィレムの魔力《まりょく》切れと俺の体力切れのどちらが早いか、という勝負になってくる。そして、それは魔王に分があることを意味していた。魔王ともなれば、魔力は底なしだろう。対する俺は普通の人間。

泥仕合《どろじあい》のような様相を呈《てい》してきたが、勝負の行き着く先は魔王の勝利だ。俺のような小物を排除《はいじょ》することに、どんな意味があるのかは分からない。

だが、俺が敗北してしまった後、アークが滅ぼされてしまうことは明らかだ。

「それだけは…………それだけは……ッ……」

絶対に阻止《そし》しなければならない!!

俺の後ろに居るのはレヴァンだけじゃない。

俺の手にはアークの皆《みんな》の命運が握られているんだ！

魔王の怒涛《どとう》の攻撃《こうげき》をナイフ一本で斬《き》り裂きながら、気持ちを滾《たぎ》らせる。

──直後。

身体が不思議な感覚に包まれた。

身体全体に力が湧《わ》き上がってくるような心地良《ここちよ》い感覚だ。

この慈愛《じあい》に満ちた温もりは前にも感じたことがある。賢者《けんじゃ》ノエルの回復魔法《まほう》──《聖なる祈り《ライト・ヒーリング》》を受けた時だ。消耗《しょうもう》した体力や軽度の怪我《けが》を治す光魔法なのだが……。

それが、なんで今、俺の身体に!?

「ノエル……？」

後ろから聞こえてくるレヴァンの呟き声。その声に促《うなが》されるように、俺は倒《たお》れていた仲間たちのほうへ視線を向ける。

視線の先では、ノエルが堂々とした姿で杖《つえ》を構えていた。

先程までボロボロの状態で地面に倒れていたのが嘘《うそ》のような凛々《りり》しい姿で。

ノエルだけじゃない――

「《ウインド・ブラスト》!!」

平原に響く少女の声。

その声が俺の耳に届いた時には、

「――ッ!!」

ゼフィレムが顔を顰《しか》めて右肩を押さえていた。

魔王の怒涛の攻撃が止《や》み、平原に静寂が訪《おとず》れる。

「パル……」

再びレヴァンから声が漏れる。

ノエルだけじゃなく魔《ま》法使《ほうつか》いパルも、ノアの《導きの光《ロード・ヒール》》によって復活していたのだ。

パルの風魔《かぜま》法攻撃《ほうこうげき》は魔王も予測できていなかったようで、ゼフィレムの右肩に見事直撃していた。狙いの正確性は勿論《もちろん》だが、魔法発動のタイミングから相手への直撃に至るまでの流れが完璧《かんぺき》だった。

さすがはパーティー随一《ずいいち》の切れ者のパルだ。復活直後とは思えないほど冷静に場の状《じょう》況《きょう》を把握し、最適な行動を取ってくれた。

おかげで、魔王に隙ができた！

「ありがとう、パル！　ノエル！」

体力を回復させてくれたノエルにも感謝し、俺はゼフィレムに向けて全力で疾走《しっそう》した。

後方からはレヴァンの足音も聞こえてくる。

何も言わずとも、計ったように動きを合わせる俺とレヴァン。予め打ち合わせしたような動きであり、まさに歴戦のパーティーメンバーのような戦い方である。

「何度立ち向かってこようが、結果は同じだ――」

魔王ゼフィレムは、すぐに体勢を立て直し、攻撃態勢へと転じる。

……この間合いなら、俺とレヴァンの攻撃のほうが早い！

眼前に魔王を捉《とら》える俺の瞳《ひとみ》。

しかし、魔王ゼフィレムの視線は俺ではなく、パルとノエルを見据《みす》えていた。

な……!?　まさか、狙いはソッチか!?

気づいた時には、ゼフィレムの掌から漆黒の衝撃波が放たれていた。

パルとノエルに向けて。

その瞬間《しゅんかん》、平原にドゴォンという地響《じひび》きのような大きな音が轟《とどろ》いた。

音の発生源はパルとノエルが立っていた場所。

超高速で放出されたゼフィレムの《混沌の光《カオティック・ノヴァ》》。

俺以外に止められる者は居ない……まさに魔王最強の必殺技。

――なのだが。

攻撃主であるゼフィレムのほうが顔を強張《こわば》らせていた。

耳を劈《つんざ》くような痛烈《つうれつ》な音がした後、攻撃の着弾《ちゃくだん》地点から黒い煙《けむり》が上がる。

煙が晴れていくと、そこには一人の男が立っていた。

「ガリウス!?」

思わず声を上げてしまう。

聖騎士ガリウス――勇者パーティーではメンバーを守る盾《たて》の役割を担《にな》っていた男。その
ガリウスが大盾を前に突《つ》き出して、ゼフィレムと向き合っていた。

「……うっ、うぐっ！　がはっ！」

しかし、大盾は粉々に砕《くだ》け散り、ガリウスは両膝《りょうひざ》から地面に崩れ落ちそうになっていた。

咄嗟にガリウスのもとへ駆《か》け寄ろうとする俺に、

「大丈夫だ。あいつはヤワじゃない。それにノエルとパルが付いている」

レヴァンが声を掛けてきた。

すると、その直後。

「《聖なる祈り《ライト・ヒーリング》》!!」

賢者ノエルの回復魔法が、ガリウスに掛けられた。

ノエルの魔法により、ガリウスは倒《たお》れそうになっていた身体《からだ》を立て直す。そして、地面に両足をつけ、踏《ふ》ん張った。

「……こ、こっちはオレに任せろおぉぉ！　盾が壊《こわ》れようが！　鎧《よろい》が弾《はじ》け飛ぼうが！　アイツの攻撃は全部オレの身体で防いでやるぜッッッ!!」

ガリウスは俺とレヴァンに向けて、大声で叫《さけ》んだ。

回復魔法を受けたとはいえ、ガリウスの身体は満身創痍《まんしんそうい》……気力だけで立っている状態だ。そんなガリウスの気持ちに応えるために、今の俺がやるべきこと——

それは、仲間のもとへ駆け寄って慰《なぐさ》めの言葉を送ることじゃない！

魔王ゼフィレムを倒すことだ！

「目障《めざわ》りな輩《やから》だ。何度倒してもゾンビのように蘇《よみがえ》ってくる。敗者は敗者として諦《あきら》めて地を這《は》っていれば良いものをッ」

忌々《いまいま》しそうに吐《は》き捨てるゼフィレム。

俺とレヴァンはゼフィレムに向けて渾身の攻撃を放つ。

「俺たちに、諦める、なんて気持ちは無い!!　何回負けようが、何回絶望を味わおうが、何度だって立ち上がってみせる！　これが、その諦めの悪い一撃だッッ!!」

ゼフィレムの左側面を貫《つらぬ》く俺のナイフ攻撃。

一方の右側面部はレヴァンの直剣が斬り裂いていた。

「ぐっ――!!」

『弱点付与《ふよ》』による攻撃に加え、勇者渾身の一撃。いくら最強の魔王といえど、間違《まちが》いなくダメージを負っている。その証拠《しょうこ》に、ゼフィレムは身体をよろめかせている。

俺とレヴァンは追撃せず、再び魔王と距離《きょり》を取った。

接近戦で『闇《やみ》』を発生させられたら、一気に危険性が増すからだ。ここはヒットアンドアウェイ作戦でいくのがベストだ。

そうして、魔王との間合いを空けた俺とレヴァン。

逆に俺たち二人が近づいたのは、ガリウス、ノエル、パルの三人だった。

「よ、よぉ……レヴァン。久しぶりだな、元気にしてたかぁ？」

《混沌の光《カオティック・ノヴァ》》を受け、全身ボロボロ状態のガリウスが言う。

「フンッ。今のお前よりは幾分《いくぶん》元気だ」

「ガッハッハッハ、そりゃ良かった……ぜ…………っと、痛《い》ててててっ」

「ガリウス！　《聖なる祈り《ライト・ヒーリング》》を掛けたとはいえ、今の貴方《あなた》は大怪我《おおけが》を負っているのですよ⁉　無理はなさらないでください！」

「……ノエルの言う通り。ここは、アタシたちが食い止める」

魔法使いパルが言うと、レヴァンが一歩前に出て剣を構える。

「お前らに言いたいことは山ほどある。お前らも僕に言いたいことが山ほどあるだろう。だが、ここはヤツを倒すことが優先だ。パーティーで一気に攻め込むぞ」

「ええ！　回復支援《しえん》は私に任せてください！」

「……遠距離攻撃はアタシっ」

「俺は——」

「ウィッシュは僕と一緒《いっしょ》に攻撃だ！　お前の強力な一撃をアイツにお見舞《みま》いしてやれ！　僕を倒した時の、あの攻撃をな！」

そう言って、レヴァンは剣の切っ先をゼフィレムへと向けた。

レヴァンの剣の刃《やいば》は、魔王の血を浴びたとは思えないほど綺麗《きれい》に光り輝いている。きっと、あの決闘以降ちゃんと手入れをしているのだろう。

レヴァンの気持ちの変化は、言葉だけでなく、その姿勢からも伝わってきた。

「ああ！」

俺はレヴァンに大きく頷き返した。

「オ、オレだって、まだまだヤレるぜ！　勇者パーティー、久々の復活だッッ!!」

気を吐く聖騎士ガリウス。その声を合図に、俺たち五人は一斉《いっせい》に攻撃を開始した。

そして――

俺たちは久しぶりのパーティー戦とは思えないほど完璧に連係《れんけい》し、魔王ゼフィレムを圧《あっ》倒《とう》する。ゼフィレムの左右から俺とレヴァンの近距離《きんきょり》攻撃《こうげき》、遠距離《えんきょり》からはパルの魔《ま》法攻撃《ほうこうげき》、また、的確なタイミングでのノエルの支援《しえん》魔《ま》法《ほう》。

そして、ガリウスの気《き》迫《はく》のこもった声が精神的な支えとなり、俺たちパーティーは魔王相手に怯《ひる》むことなく、果《か》敢《かん》な攻めを繰り出すことができたのだった。

「…………ック!!」

その結果、魔王ゼフィレムに相当なダメージを与《あた》えることができた。ヤツお得意の自己修復能力が追い付かないほどのダメージ量だ。

「このままいけば倒せますよ！　皆さん、頑張《がんば》りましょう！」

ノエルの檄《げき》が飛ぶ。

この懐《なつ》かしい感じ、パーティーが復活したことを実感する。ただ……以前の勇者パーティーでは、このノエルの檄の「皆さん」の中に俺は含《ふく》まれていなかった。

それが、今では俺もパーティーの一員として敵と向き合っているのだ。

「――よし！　最後の止《とど》めは……ウィッシュ！　お前が決めろ！」

これまでリーダーとして戦闘《せんとう》の指揮を執《と》っていたレヴァンが言ってきた。

その瞬間、俺と仲間たちとの視線が合う。

全員が俺の顔を見て、大きく頷いた。

それは、信頼《しんらい》している仲間へ向けての仕草だった。

「わかった」

俺は短く答える。

多くの言葉は要《い》らない。今は、仲間たちの信頼に応えるべく、目の前の魔王を倒すことに集中するんだ。

ナイフを持つ右手に全てのチカラを集中させていると――

「……こ……んな……ところで……余は…………私は負けるわけにはいかんのだぁ!!」

突如《とつじょ》、魔王ゼフィレムが叫び声を上げた。

今までの落ち着き払った態度は見る影《かげ》も無く、まるで怒号《どごう》のような雄叫《おたけ》びだった。

変わったのは態度や言葉遣《ことばづか》いだけじゃない。全てを呑《の》み込む深淵《しんえん》のようなゼフィレムの漆黒の髪色《かみいろ》が、真紅《しんく》に染まっていた。

こ、これは……ッ!!

「マズい!!　みんな!!　ゼフィレムから離れろ!!　強力な魔法攻撃が飛んでくるぞ!!」

《希望の光《ウイッシング・ユー》》で確認したゼフィレムの特性――髪の色が変化した時、魔法力が倍増するという性質。今まさに魔王が真のチカラを解放し、最後の勝負を仕掛《しか》けてきたのだ!!

俺がゼフィレムの攻撃を全て受け流せるかは分からない!

とにかく、今はヤツの攻撃の軌道《きどう》上に入らないことが重要だ!

レヴァンたちは俺の指示に従い、すぐさまゼフィレムから距離を取った。

直後、ゼフィレムの周囲に数十もの『闇』が発生。魔王を守る防御壁《ぼうぎょへき》が出来上がり、ゼフィレムの身体から黒い蒸気のようなオーラが湧き上がる。

そして、その禍々《まがまが》しいオーラがゼフィレムの右手に集積されていく。

地面が大きく振動《しんどう》し、俺たちの身体も揺《ゆ》れ動く。

魔王の強大な魔力に、レピシアの大地が悲鳴を上げているかのようだ。

ゼフィレムが全てのチカラを右手に集めると――

「《混沌の光《カオティック・ノヴァ》》――ッ!!」

ドス黒いオーラを纏《まと》ったエネルギー波が放たれた。

先程《さきほど》までとは違う、威力が倍増された真《しん》の必殺技であり、魔王ゼフィレム渾身の攻撃

――その照準は俺に向けられていた。

……これは好都合だ!!

攻撃が俺に集中してくれれば無条件で無効化できる!!

いくら威力が増大しようが、俺の《希望の光《ウィッシング・ユー》》には関係ない!!

一直線に飛んでくる漆黒波の軌道を読みながら、俺は力強くナイフを握《にぎ》る。

漆黒波は俺の視界上で、どんどん大きくなっていき……。

突如、二つに分裂《ぶんれつ》した。

――ッ!?

変わらず俺めがけて突っ込《こ》んでくる黒のエネルギー波。一方、分裂した方のエネルギー波は全く違う方向へと飛んでいく。まるで自我《じが》を持った生き物のように。

眼前に迫る漆黒波。

っく!! ここは目の前の攻撃を退けなければならない!! じゃないと、レヴァンとガリウス、そして、ノエル、パルに直撃してしまう!! 俺が盾となり矛となってゼフィレムの攻撃を受け流さなければ!!

一瞬《いっしゅん》の間に状況が変化したが、俺は自分たちに向けられた攻撃に相対した。

そして、地面を抉《えぐ》りながら直進してくる漆黒波に向け、ナイフを構え――

激しい重圧と風圧に押《お》されながらも、俺はゼフィレムの繰り出した真・漆黒波を斬り裂いた。

しかし――

威力が倍増されていようが、《希望の光《ウィッシング・ユー》》による効果は軽減されることはなかった。

パキンッ。

漆黒波を斬り裂《さ》いた瞬間、俺のナイフは乾《かわ》いた音を立てて砕け散った。

ナイフのほうはゼフィレムの必殺技《ひっさつわざ》の威力に耐《た》えられなかったようだ。

だが、俺の視線は愛用のナイフの破片《はへん》ではなく、もう一つの漆黒波の行方《ゆくえ》に向いていた。

「――ノア⁉」

視界に黒いオーラを捉えた時には既に遅《おそ》かった。

今にもノアを呑み込もうとする漆黒波。

絶体絶命の瞬間――

「《深淵の氷吹雪《リリウム・ブリザード》》‼」

「《炎神の怒り《イフ・アグリート》》‼」

強烈《きょうれつ》な吹雪と猛烈《もうれつ》な炎が漆黒波に襲《おそ》い掛《か》かった。

氷と炎……相反する属性攻撃は、反発することなく、一つに重なり合って、漆黒波と衝突。氷炎攻撃《こうげき》は黒いエネルギー波を貫き、一瞬にして消滅させた。

絶望的な状況でノアを守った氷炎攻撃の主たちは、

「リリウム!!　ルゥミィ!!」

ノアの《導きの光《ロード・ヒール》》によって目覚めた、二人の女魔族だった。

手を翳《かざ》しながら肩で息をするリリウムとルゥミィ。

今の攻撃に全ての魔力を注いでいたのだろう。

俺は急いでリリウムたちのもとへ走る。

「ウィッシュ、ごめん！　アタシのせいでッ…………アタシが魔王軍で上手《うま》く立ち回れなかったせいで、ゼフィレムに目を付けられたのッ!!　それで……そのせいで、アークが、ウィッシュが標的にされちゃった……」

二人のもとへ行くと、ルゥミィが悲愴感《ひそうかん》あふれる表情で言った。

「気にするな。それよりも、よくノアを守ってくれた……リリウムも」

犬猿《けんえん》の仲だったリリウムとルゥミィ。その二人が力を合わせて攻撃を放ったのだ。まだ全力を出せないリリウムをルゥミィが補って。

リリウムとルゥミィ、二人の仲間としての絆《きずな》が深まっていることを実感する。

「ごめん……私もアークの皆を守ろうとしたんだけど……」

視線を地面に落とすリリウム。

「アークの皆はどうなったんだ⁉　無事なのか⁉」

「うん……フォルニスが身体を張って町を守ってくれたから……。無事に避難《ひなん》できてると思う。その代わり、フォルニスが……」

アークの入り口前で倒れている魔竜《まりゅう》フォルニス。

町の住人を守るために、盾としてゼフィレムの攻撃を一身に受けたのか……。フォルニスは、『アークの皆を守る』という俺との約束を果たしてくれたのだ。

——ありがとう、フォルニス。

俺は、今まさにノアの《導きの光《ロード・ヒール》》を受けているフォルニスに、心の中で感謝する。

フォルニスは深刻なダメージを負っているが、ノアのチカラで無事に復活できるだろう。

問題なのは、やはり目の前の敵……魔王ゼフィレムだ。

「ハァ……ハァ……」

ゼフィレムは先程の攻撃で力を使い果たしたようで、覇気《はき》が完全に消滅していた。

障壁《しょうへき》となるのは、ゼフィレムを覆《おお》うようにして発生している『闇』のみ。

あの『闇』さえ吹《ふ》き飛ばせれば、俺《おれ》たちの勝ちだ。

だが、俺の武器であるナイフは無残にも砕け散っている。

俺以外に『闇』を打ち払える者はいない……いったい、どうすれば……!!

焦燥感《しょうそうかん》に駆られていると――

一振《ひとふ》りの剣《けん》が、俺へと投げられた。

慌《あわ》てた俺は、咄嗟《とっさ》に両手で剣をキャッチする。

「こ、これは……」

俺の手に収まったのは勇者の剣。レヴァン愛用の直剣《ちょっけん》だった。

「そいつを使え」

「レヴァン……」

「その剣で、お前が『闇』を払ってみせろ」

俺の目を見つめるレヴァン。

託《たく》されたのは剣だけじゃない。レヴァンの想《おも》いも託されたのだ。

俺は黙《だま》ってレヴァンに頷き返し、魔王ゼフィレムの『闇』へと疾走した。

……この剣で、『闇』を……レピシアを襲う絶望の闇を消し去るんだ!!

数えきれない『闇』に迫《せま》る。

そして眼前に『闇』を捉え、勇者の剣を天に翳す――

その時。

「いっけえええええぇぇぇ!! ウィッシュ兄《にい》ぃ!!」

復活したミルフィナの声が耳に飛び込んできた。

ミルフィナだけじゃない。

「ウィッシュいけえええええええ!!」

リリウム。

「「「ウィッシュー!!」」」

レヴァン、ガリウス、ノエル、パル。

「ウィッシュさんっ!!」

そして、ノアの声も届いてきた。

仲間たちの後押《あとお》しをチカラにして、皆の想いを剣に乗せる。

攻撃目標は視界に広がる絶望の『闇』。

「これが俺たちのチカラ――皆の希望の光だッ!!」

俺は天に翳していた勇者の剣を勢いよく振《ふ》り下ろした。

《希望の光《ウィッシング・ユー》》の効果によって、斬られた『闇』は剣との接触点《せっしょく》を光らせる。

一振り二振り三振り……勇者の剣を振り下ろすと、視界を覆いつくしていた『闇』は、大きな光を輝《かがや》かせて、全て消滅した。

「…………ッ」

『闇』が消え、晴れていく俺の視界とは対照的に、魔王ゼフィレムの表情が曇《くも》っていく。

本来なら消せるはずのない魔王の『闇』。

さすがのゼフィレムも動揺《どうよう》を隠《かく》せないようだった。

「これで終わりだ、魔王」

剣の切っ先をゼフィレムの顔に向ける。

「……は……私は……負ける……わけにはッ…………のために……も——」

今のゼフィレムに恐怖の魔王としての面影《おもかげ》はない。むしろ、不思議な親近感すら覚えてくる。それくらい、目の前の魔王からは威圧感《いあつかん》が消えていた。

この男にも魔王になった理由があるのだろう。ただ人間を滅《ほろ》ぼしたい……それだけじゃないように思える。

今の状況、リリウムと出会う前までの俺だったら、深く考えずに魔王を打ち倒していただろう。でも、リリウムやルゥミィ、そしてミャムたち魔界《ヘラ》の住民たちと触《ふ》れ合ったことで、魔族にも様々な事情や考えがあるのだと知ることができた。

だから、きっと――

「ギール病のことなら俺たちに任せろ」

「……んだと⁉　その病のことを忌々しい人間の口から聞かされようとは……ッ‼」

怒りを前面に表し、俺を睨《にら》みつけてくるゼフィレム。

やはりゼフィレムもギール病が心の大きな重しとなっているようだ。

「人間とか魔族《まぞく》とか関係ないだろ。魔界《ヘラ》で苦しんでいる魔族の方々がいるなら俺は助けたいと思ってるし、その解決方法を見つけ出したいと思っている。というか、ギール病の治《ち》癒《ゆ》方法なら、さっき判明したところだ」

「なに……⁉　ふざけたことを抜《ぬ》かすな‼　私たち魔族の魔術師《ソーサラー》が長年に亘《わた》り研究を続けてきたが、それでも解決方法を見つけられなかったのだ‼　それが、貴様のような人間の若造に……そんなことあるはずがない‼」

先程から抱《いだ》いていたゼフィレムに対する親近感。それが今わかったような気がする。

自分以外の誰《だれ》かのために行動する――その気持ちは俺たちが大切にしている感情であり、アークの皆が持っている感情である。そして、それは母の病気を治そうと必死になっていた魔族の少女ミャムにも通じるところがあった。

俺がゼフィレムにプキュプキュ村での成果を話そうとした時——

「本当です!!　私たちは魔界《ヘラ》のプキュプキュ村という場所で、ギール病に侵《おか》されていた魔族の女性から病を取り除くことに成功したのです!!」

俺の隣《となり》に来たノアが、代わりに説明してくれた。

緊迫感《きんぱくかん》あるノアの発言とは対照的に、後方からはフォルニスの「う、うぅぅぅ〜んっ！」という間の抜けた大きな伸《の》びの声が聞こえてくる。

ノアは仲間たちの治療《ちりょう》を終え、俺のもとへ駆けつけてくれたのだ。

「プキュプキュ村だと!?　なぜ貴様のような人間の女が、あの村に!?」

血相を変えてノアに問い詰《つ》めるゼフィレム。血相だけじゃない、プキュプキュ村の名を聞いて、明らかに目の色が変わっていた。

「私たちの友達のミャムちゃんがいるからです。そして、そのミャムちゃんの母親であるサーリャさんの病気を治すために、村へお伺《うかが》いしたのです」

「な!?　ミャムとサーリャ!?　そんなことが信じられるか!!」

「べつに信じなくてもいいけどな。お前とは直接関係ないし。ただ、俺たちは魔界《ヘラ》からギール病を根絶することを諦めてはいない。お前と違ってな」

俺が言うと、ゼフィレムは目を見開かせた。そして——

「サーリャは私の妻だ‼　私はサーリャを病気から解放するために、これまで研究を続けてきたのだ‼　そのサーリャが、お前たち人間と……ましてや娘《むすめ》のミャムとも……そんな馬鹿なことが起こるはずがない‼」

魔王は感情剥《む》き出しで叫んだ。

「は？　お前がサーリャさんの夫？　っていうか、ミャムの父親だって⁉　そっちのほうが信じられないわ‼　お前、勝手なこと言ってると、止《とど》めを刺《さ》すぞ‼」

突拍子《とっぴょうし》のないゼフィレムの発言に対し、俺は思わず剣を握る手に力が入ってしまう。

「ま、待ってください、ウィッシュさん‼　私も信じられませんが、本当にミャムちゃんのお父さんだった場合、大変ですよ⁉」

「あ、うん……そうなんだけど……。ごめん、ちょっとビックリしすぎて……混乱しちゃった。でも、まさかミャムの父親が魔王になってるなんて……」

考えられないよなぁ……。

一気に緊張感《きんちょうかん》と緊迫感が薄《うす》れた状態となり、俺はミャムから貰《もら》った『お守り』を取り出した。ミャムとサーリャさんお手製の黒光りする三角形の『お守り』。

俺が、その『お守り』を見つめていると、

「な、なんだ、その小物は‼　サーリャの魔力を感じるぞ‼　それに、ミャムの小さな魔力も……!!　ま、間違いない……あの小さかった赤《あか》ん坊《ぼう》のミャムの魔力……私が忘れるわけがない!!」

ゼフィレムは俺の手から強引《ごういん》に『お守り』を奪《うば》い取った。

ミャムの『お守り』を染《し》み入るように見つめるゼフィレム。その姿は、妻と娘の懐かしい匂い《魔力》に哀愁《あいしゅう》を感じている父親のように見えた。

「本当にミャムの父親なのか……この男が……」

「サーリヤ……ミャム……」

今のゼフィレムに魔王としての威厳《いげん》はない。あるのは家族を想う父親の顔だけだった。

「サーリヤさんの御病気《ごびょうき》は無事に治りました。もし、私たちの話が信じられないというのであれば、あちらに見える樹海からプキュプキュ村近くに転移できますので、一度ミャムちゃんたちに会いに行ってみてはいかがでしょうか？　ミャムちゃんもサーリヤさんも、お父さんに会いたがっていましたよ」

ノアは追憶の樹海《フォルニウム》を指差して言った。

「……そんなことが…………いや、しかし!!」

ゼフィレムは『お守り』を見ながら、顔を横に振ったり天を仰《あお》いだりしている。

どうやら、俺たちの話の整合性を図《はか》ろうとして懊悩《おうのう》しているようだ。

「まぁ、お前がミャムの父親ということに俺も驚《おどろ》いている。……だが、お前が友達の父親だろうが、人間に敵対する魔王であることに変わりはない。アークを攻《せ》めた罪は重く、俺はリーダーとして、お前を打ち滅ぼす」

ゼフィレムに剣を向ける俺。

「え⁉　ウィッシュさん⁉」

そんな俺に対し、ノアが驚きの表情を向けてくる。

「…………」

一方、ゼフィレムは無言の視線を俺にぶつけ返してきた。

「……このままアークを攻める、というならな。ただ……もし、お前が逃走《とうそう》するのであれば、俺は止めないし、追撃もしない。アークは防衛のための反撃《はんげき》はするが、こちらから攻めることはしないからな。故郷に帰るというのなら、勝手に帰るがいい」

「……ウィッシュさんっ」

俺の言葉を聞き、ノアは安堵《あんど》するように微笑《ほほえ》んだ。

「…………ッ」

無言のまま、『お守り』を見つめるゼフィレム。

そして、ゼフィレムは『お守り』を俺に返したかと思ったら、そのまま静かにアークを離れていった。

魔王ゼフィレムが歩いて行った方向――それは追憶《フォルニウム》の樹海がある方角だった。

◇◆◇◆◇◆◇◆◇◆◇◆

魔王の侵攻《しんこう》を退けた、その夜。

俺はノアをアーク中央の噴水《ふんすい》広場へと誘《さそ》い出していた。

噴水の縁《ふち》に静かに腰掛《こしか》ける俺とノア。周囲には誰も居《お》らず、ただただ静寂《せいじゃく》だけが広がっている。まるで日中の魔王との戦闘騒《せんとうさわ》ぎが嘘のような静けさである。

フォルニスたちが盾となって守ってくれたおかげで、アーク内の被害《ひがい》は最小限に留《とど》められており、住民たちも全員が無事であった。

その環境下《かんきょう》で、俺は魔王ゼフィレムのことを考えていた。

あの男が魔王になったのは、おそらくサーリャさんの病気を治すためだろう。

ギール病が蔓延《まんえん》していないレピシアを乗っ取るため、そこに住む人間を滅ぼそうとしているのが魔王軍……とリリウムから聞いたことがある。ゼフィレムと思想は違《ちが》えど、リリウムも自分の妹の病を治すため魔王になったという経緯《けいい》があるのだ。

ギール病の研究が思うように進まないことから、病を魔界《ヘラ》に広めたとされる人間への復《ふく》讐《しゅう》を兼《か》ねて、あの男はレピシア侵攻という最終手段を取ったのかもしれない。

愛する女性を守るため他種族を滅ぼす――その思想は、危険で恐《おそ》ろしくも思える。

しかし。

――自分が同じ立場、環境に置かれたら、どうするだろうか。

ゼフィレムと同じ行動は取らないと断言することができるだろうか。

自問自答する中、徐《じょ》々《じょ》に心に靄《もや》がかかってくる。

そんな俺に――

「ウィッシュさんは大丈夫ですよ」

隣に座《すわ》るノアが優《やさ》しく声を掛けてきた。

「ノア……」

「ウィッシュさんは、皆のことを想ってくれる優しい人です。皆が幸せになれる場所……世《せ》界《かい》をつくろうと頑張っている人です。そんなウィッシュさんだからこそ、リリウムさんやミルちゃん、フォルニスさんやアークの人たち。それに、レヴァンさんたち元勇者パーティーの皆さんも力を貸してくれているのだと思います。もちろん……私も、です」

俺の手の甲《こう》に自分の手を重ねてくるノア。

ノアの掌《てのひら》から温《ぬく》もりと安心感が伝わってくる。それと同時に、心にかかっていた靄がスッキリと晴れていく。

そうだ……ここにノアを呼んだ理由を思い出せ。

俺がノアに励《はげ》まされるためじゃない。

俺がノアに想いを告げるためだ。


「ありがとう、ノア。俺はノアのことが大好きだよ」


昨日伝えられなかった俺の気持ち。

今日、ハッキリと伝えることができた。

俺はノアの肩《かた》に手を乗せ、そっと抱き寄せる。

ノアは恥《は》ずかしそうに「……はい」と、一言だけ告げた。

魔《ま》王撃退《おうげきたい》の日。

俺とノアの関係は、仲間から恋人《こいびと》になった。

終章　未来への希望

魔王《まおう》ゼフィレムとの戦いから一年後。

アークの中央広場には多くの人間と魔族が集まっていた。

人間、魔族、皆《みな》が和気あいあいと談笑《だんしょう》しており、アーク全体が明るい雰囲気《ふんいき》に包まれている。建物には色とりどりの旗や鮮《あざ》やかな装飾品《そうしょくひん》が飾《かざ》られており、まるでパーティが開催《かいさい》されているかのような賑《にぎ》わいと装《よそお》いである。

「ウィッシュ兄《にい》、いよいよだね〜っ！」

アークの光景を見渡《みわた》していると、ミルフィナが嬉《うれ》しそうに話《はな》し掛けてきた。

「ああ……そうだな」

平和な光景を前にして、様々な感情が湧《わ》き上がってくる——

あの魔王ゼフィレムとの戦い以降、人間と魔族の間に戦争は起きていない。

魔王軍を率いるゼフィレムが、レピシアへの侵攻停止を宣言したからである。

停戦の理由は、ゼフィレム自身がギール病の根絶に光を見出《みいだ》したことが大きな要因だが、魔族全体に停戦の機運が高まったことも大きかった。

ノアの《導きの光《ロード・ヒール》》によってギール病を完治できることが魔族の間に広がり、レピシアを乗っ取るという戦争理由が無くなったことから、「人間との融和《ゆうわ》」を唱える勢力が一気に増えたのである。その一方で、ギール病の解決を口実にして人間への復讐を目論《もくろ》んでいた魔族の発言力は弱まっていったのだった。

しかし、ギール病に侵されている魔族の数は多く、俺たちが広大な魔界《ヘラ》を全て回りきることは不可能だった。

そこで活躍《かつやく》したのが、クーラーボックスと人間の商人、そして魔王ゼフィレムと魔族の研究者たちであった。

まず、ゼフィレムを始めとする魔族の魔術師《ソーサラー》たちが《導きの光《ロード・ヒール》》の研究をして、能力の解明をおこなった。その結果、《導きの光《ロード・ヒール》》の効能を蓄積《ちくせき》できる小型カプセルの開発に成功し、飲み薬として実用化させたのである。

ノアがカプセルに《導きの光《ロード・ヒール》》を掛けることによって、一気に大量の薬が製造されたのだが、ここでまたしても一つ問題が発生する。

開発した薬には熱耐性《たいせい》がなく、常温保管に耐えられなかったのだ。《導きの光《ロード・ヒール》》自体に冷温環境で効果が高まるという性質があったため、薬品化に際して、その影響《えいきょう》を受けてしまったのだろうと推測された。

頭を悩《なや》ませた俺たちだったが、ここでクーラーボックスが役に立った。冷温保管ができ、かつ持ち運びができるクーラーボックスに薬を入れて、魔界《ヘラ》全土に輸送したのである。

この輸送任務に協力してくれたのが人間の商人集団だった。

薬を運ぶ条件に、魔界《ヘラ》の都市との交易契約《けいやく》を提示したところ、数えきれないほどの商人たちが集まり、その結果、短期間で全ての患者《かんじゃ》さんに薬を送り届けることができた。

こうして、多くの人間たちの協力のもと、ギール病に苦しむ魔族を救うことに成功したのだった。


——そして。

今では人間と魔族、それぞれがレピシアと魔界《ヘラ》を行き来するようになり、互《たが》いの文化や価値観を学び、交流を深めるようになっていた。

……一つだけ想定外だったのは、俺がレピシアと魔界《ヘラ》の橋渡《はしわた》し役となって人間と魔族を繋《つな》いでいた結果、いつの間にか人間側の代表になっていたことだが……。

「あれ～？　ウィッシュ兄、もしかして緊張してる～？」

ミルフィナが俺の顔を覗《のぞ》き込むようにして訊《たず》ねてきた。

「ん？　あ、ああ。まぁな。こういうの、ちょっと慣れないからな」

俺は今日、この後に大事なイベントを『二つ』控《ひか》えているのだ。

現在、確かに人間と魔族の戦争は起きていない。しかし、戦争は公式に終結したわけではなく、一時停戦状態になっているだけである。

本日、その戦争終結条約を、ここアークで締結《ていけつ》することになっているのだった。

アークがレピシアと魔界《ヘラ》を結ぶ交流都市として設定され、人間と魔族の平和条約を結ぶ舞台《ぶたい》に抜擢《ばってき》されたのだ。

……そして、なぜか人間側の代表として条約締結式に参加することになっているのが俺である。やはり、目立ちすぎるのは良くないな……と今では少し反省している。

一方、魔族側の代表は――

「ウィッシュー‼　今日は、ありがとぉ‼　お父さんとお母さんと一緒にレピシアに来られるなんて、ホント夢みたい‼　これも、全部ウィッシュのおかげだよ！」

魔族の少女ミャムが元気よく抱きついてきた。

「こらっ、ミャム。ウィッシュさんが困っているでしょうっ」

母親のサーリヤさんが「すみません」と頭を下げて、ミャムを俺から引き剥《は》がす。

「あぁ！　すみません、ウィッシュさんっ、娘が騒《さわ》がしくして！」

サーリャさんの隣に立つ男性が腰《こし》を低くして、ペコペコと頭を下げてきた。サーリャさん以上に深く頭を下げる、この男性こそ……魔族側の代表——魔王ゼフィレムであった。

「もうっ。あなたが甘《あま》やかしてばかりいるから、ミャムが言うことを聞かなくなるんですよっ。父親として、もっと自覚を持ってください！」

「は、はい……気を……つけます……」

サーリャさんに怒《おこ》られ、しゅんとするゼフィレム。

「それと！　今日は、ご迷惑《めいわく》をお掛けした人間の方々に謝罪回りに行きますからね！　あなたがレピシアに侵攻したせいで、大変な事態になったんですからね！」

「……はい……すみません……本当に……」

「謝《あやま》るのは私ではなく、人間の方々にです！」

怒るサーリャさんと、ひたすら謝るゼフィレム。

「にひひっ。まーた、お父さん、お母さんに怒られてるー!!」

そんな両親を見て、ミャムが茶化《ちゃか》すように笑う。

……最強の魔王ゼフィレムは妻の尻《しり》に敷《し》かれていた。

これが本来のゼフィレムの姿なのだろう。ゼフィレムは家族想いの父親であり、妻を愛するあまり暴走してしまったのだ。

ゼフィレム自身は、この一年、ギール病の薬開発だけでなく、罪滅《つみほろ》ぼしのためにレピシアへ様々な支援を行い、人間に多大な貢献《こうけん》をしてくれた。……のだが、サーリャさんの怒りは未《いま》だに収まっていないようであった。

「昔はサーリャも大人しく、私に対しても優しかったのですが…………結婚《けっこん》すると女性は変わりますからね……ウィッシュさんも気を付けてください」

サーリャさんに聴《き》こえないよう、ヒソヒソと俺の耳元で言ってくるゼフィレム。

「ははは……それは大変そうですね……。この後の条約締結式、大丈夫ですか？」

思わず苦笑《くしょう》しながら訊ねてしまう。

「えっと……その件についてなんですが、ウィッシュさんに伝えておきたいことが――」

ゼフィレムが言い掛けた時。

「ちょっと、ゼフィレム。いったい何の用よ、急に呼び出して。私、こうみえても忙《いそが》しいんだけど？」

リリウムが不満気な表情を浮《う》かべて現れた。

両手にスイーツを持って、顔にクリームを付けながら。

「いや、リリウムセンパイ……さっきから、ずっと食べ回ってるだけじゃないですか。いい加減にしないと、太りますよ」

リリウムの隣には呆《あき》れ顔のルゥミィも居た。

今日の締結式は人間と魔族の双方《そうほう》にとって大事なイベントではあるが、堅苦《かたくる》しい雰囲気は一切《いっさい》なく、お祭りのような空気感が漂《ただよ》っている。

大役を任された俺は緊張感を募《つの》らせているのだが、一般《いっぱん》参加者のリリウムたちは気楽な感じでアーク内を歩き回っていたらしい。

「わぁ♪　リリィ、ありがとぉ！　ワタシにスイーツを持ってきてくれたんだねっ♪」

そう言って、いきなりミルフィナがリリウムのスイーツをパクリと口にした。

「あっ！　なにやってんのよ、ミル！　これは私のスイーツだって！　あああぁぁぁミルに私のスイーツ食べられたあああぁぁぁ!!」

泣き散らかす女魔族リリウム。その姿はミャム以上に子供だった。

「……それで、ゼフィレムさん、俺に伝えておきたいこととは？」

騒々《そうぞう》しいリリウムを無視して、俺は話を続ける。

「あ、えっと、私、今日で魔王の座を降りることにしたんです。元々、締結式の段取りや条約についての内容を纏《まと》めるまでが私の役目だと思っていました。平和条約を結ぶ魔族側の代表には、私以上に相応《ふさわ》しい存在が居ますから」

「え……それって、まさか……」

「はい。こちらのリリウムさんです」

ゼフィレムは、幼女にスイーツを奪われてワンワン喚《わめ》いている女魔族を指し示した。

「……へ？」

事情を全く呑み込めていないリリウムはキョトンとしている。

「えええええええ!!」

俺は思わず大声を上げてしまった。

「魔族と人間を繋いだのは、ウィッシュさんと……リリウムさん、お二方に間違《まちが》いありません。魔族側の代表として、リリウムさん以上に適任な魔族は居ないでしょう」

力を重要視する魔族の風潮は未だに変化していない。人間との争いは無くなったが、魔族を率いる魔王には、依然《いぜん》として「強さ」が求められている。

現在のレピシアは温暖化が収まりつつあり、水の魔素が潤《うるお》い始めている。リリウムは真《しん》の力を出せる状態にあり、魔王としての条件を満たしているのだ。

ゼフィレムの言う通り、確かにリリウムは魔族代表として適任かもしれない。

そう考えていた矢先——

「は？　魔王？　やるわけないじゃん」

リリウムに、あっさりと断られてしまった。

「「へ？」」

俺とゼフィレムは、リリウムの返答に揃《そろ》って目を丸くさせる。

流れ的に、リリウムが魔王に就任するものと思っていたのだが……。

「魔王とか面倒《めんどう》くさいだけでしょ。私はアークで自由に生きたいの。そんなの絶対にやりませーん。べーッだ！」

ゼフィレムに向けて舌を出すリリウム。

そんなリリウムに対し、俺とゼフィレムは顔を見合わせて困り果ててしまった。

「はぁ……センパイらしいですね……まったく」

ルゥミイもリリウムに溜息《ためいき》を漏《も》らしていた。

「だったらルゥミィがやりなさいよ。あんた、前から魔王になりたがってたでしょ」

「へ!?　……いや、でも!!　いきなり、そんなこと言われてもですね!?」

突然《とつぜん》の魔王の擦《なす》り付けに、ルゥミィも困惑《こんわく》してしまっている。

「じゃあ、分かった。私が新魔王になるわ。はいっ、今、私が新魔王になりましたっと……んで、その新魔王の私がルゥミィを新新魔王に任命するわ。ってことで、後よろしく～」

秒で魔王に就任し、秒で魔王を辞《や》めて去っていくリリウム。

「「「はあああああああぁぁぁ!?」」」

俺、ゼフィレム、ルゥミィの三人は揃って声を上げる。

……と、そこへ、

「ウィッシュさん、締結式の準備が整いましたよ」

式の準備を進めていたノアがやって来た。

「あ……そ、そうか、報告ありがとう。…………ってことで、ルゥミィ、よろしくな！」

「マ、マジか……」

呆然《ぼうぜん》とするルゥミィ。

こうして、人間代表の俺と新魔王ルゥミィにより、平和条約が締結されたのだった。

◇◆◇◆◇◆◇◆◇◆◇◆

締結式の閉幕後。

式の参加者が帰り、いつもの景色に戻《もど》ったアーク中央広場にて。

自分の掌を見つめ、思う——

人間と魔族の融和。

みんなが笑って暮らせる世界《せかい》の実現。

今の平和な世界《せかい》があるのは、信頼《しんらい》できる仲間たちが居たからこそだ。

俺一人の力では絶対に成《な》し遂《と》げることができなかった。

仲間たちに深く感謝する。


想いを巡《めぐ》らせる俺の掌の上では、銀色のリングが光《ひか》り輝いている。

平和の象徴《しょうちょう》として作られたリング——

俺の知り合いであるアストリオンの雑貨店の店主が作製したものだが、この指輪には平和以外の意味も込《こ》められていた。

「…………ごくり」

細かい意匠《いしょう》が施《ほどこ》された指輪を見ながら緊張感を高める。

大事なイベントを乗り切った後にも拘《かか》わらず、俺の緊張の糸は解《ほぐ》れていなかった。

むしろ、締結式が終わってから、より心臓が強く脈打ち始めている。

俺の緊張は締結式が原因ではなかったのだ。

「あれ～？　ウィッシュ兄、もしかして緊張してる～？」

近寄ってきたミルフィナが、本日二度目のセリフを投《な》げ掛《か》けてきた。

女神《めがみ》としては、まだまだ幼いミルフィナ。食《く》いしん坊で人懐《ひとなつ》っこく、魔族とも積極的に交流してきた人間の神様。いち早く俺の変化や感情を察し、励ましてくれる大事な仲間である。

「ふふっ、ありがとうな、ミルフィナ。ちょっと緊張が和《やわ》らいだよ」

ミルフィナの頭をポンポンと軽く叩《たた》く。

ミルフィナが居なかったら、今の俺は居なかった。小さいながらも俺に勇気を与《あた》えてくれる存在であり、これまで大きな心の支えとなってくれた。

俺がミルフィナに感謝していると、

「ねぇ、ウィッシュ！　聞いてよ！　まーたフォルニスがギャンブルしてきたわよ！」

「べつにいいだろー。減るもんじゃないし」

女魔族《リリウム》と女竜《フォルニス》が騒々しく歩いてきた。

「減るのよ！　お金が減るのよ！　大事なお金が！　これまでの負け分、アンタ自分の鱗《うろこ》を剥《は》いでお金にしてきなさいよねっ！」

「ん？　オレ様の鱗が金になるのか？　だったら、剥いでいいぞ？　そしたら、その金で、またカードゲームしてくるぜ！」

人間の文化に積極的に触れるようになった魔竜フォルニス。今ではギャンブル狂《きょう》と化してしまっていた。しかし、仲間想いの性格は変わっておらず、いざという時に頼《たよ》りになる心強い仲間である。身を挺《てい》して人間を守るという漢気《おとこぎ》……もとい女気に溢《あふ》れ、アークの住民たちからの信頼も厚い。金遣《かねづか》いの荒《あら》さだけは直してほしいが……。

「このポンコツ竜オンナ、マジで鱗を剥いでやろうかしら……」

ポンコツ竜に文句を漏らすポンコツ魔族リリウム。

フォルニス同様、仲間を大事に想う女魔族である。俺たちパーティーのムードメーカー的な存在であり、リリウムが居ると場が明るくなるのだ。

最強と名高い戦闘《せんとう》能力がありながらも、その能力を一切使うことなく、日々、農作業に明け暮れている姿は、完全に農家にしか見えない。

妹のギール病が消えたことにより、今は悠々自適《ゆうゆうじてき》にアークで過ごしているリリウム。この女魔族との出会いから全て始まったのだ。追放された者同士、心を通わせ、追放者パーティーを結成。その後、アークという大事な居場所をつくることができた。

リリウムとの出会いは偶然《ぐうぜん》ではなく、運命に導かれた必然。今では、そう感じている。

そして、そのリリウム以上に、俺が大きな運命を感じている相手が——

「おや？　みなさん、お揃いですね」

ノアだった。

「あ、ノアお姉ちゃん、お疲《つか》れさま！」

俺が式本番に集中できるよう、全ての準備を取り仕切ってくれたノア。

これまで、ノアには何度助けられてきただろうか。ノアは常に俺たちのことを考え、俺たちのために行動してくれている。

出逢《であ》った時のノアは自己肯定感《こうていかん》が低く、自分のことを要《い》らない存在として捉《とら》えているような少女だった。右も左も分からない異世界《せかい》に転生させられた挙句《あげく》、無能力者として扱《あつか》われ、街中に捨てられてしまったノア。その辛《つら》い経験から、心を塞《ふさ》いでしまっていたのだ。

そんなノアだが、俺たちと出逢ってからは見違《みちが》えるように強くなった。自分に出来ることを見つけ、仲間のために行動する。そうして、徐々に自分に自信をつけていったのだ。

なんだかノアを見ていると、自然と胸が高鳴ってくる。

俺の中に流れる転生者の血が、同じ転生者のノアに反応しているのだろうか。

――いや、違う。

この胸の高鳴りは、俺《おれ》自身のモノだ。

転生者とか血とか、そういう難しい話なんかじゃない。

ただ、単純に、純粋《じゅんすい》に、俺がノアのことを好きだからだ。

俺の先祖の話や過去の巡り合わせ、そういうもんは関係ない。

大事なのは今。

そして、これから先に続いていく未来への希望だ。


「ノア、左手を出してくれ」

俺は銀色の指輪を、そっとノアの前に掲《かか》げる。

これまでのレピシアでは、指輪は魔道具《まどうぐ》としての存在意義しか持っていなかった。

しかし、俺とノアがシルバーリングを贈《おく》り合ったことが発端《ほったん》となり、今では異世界《せかい》の指輪文化がレピシアで広がっていた。

その意味を、ノアはよく知っているだろう。

ノアは仲間たちの顔を順々に見つめていった後、頬《ほお》を赤く染めて俺と向き合った。

そして――


「はい」

微笑みながら、短く答えた。

俺がノアの左手の薬指に指輪を嵌《は》めると、リリウム、ミルフィナ、フォルニスから大きな歓声《かんせい》と拍手《はくしゅ》が上がった。

仲間からの祝福に、俺とノアも照れてしまう。

仲間から恋人、そして、家族になったノア。

これから先、俺たちの前には今まで以上の大きな壁《かべ》が立ちはだかるかもしれない。

躓《つまず》き、倒《たお》れてしまうことがあるかもしれない。

でも。

ノアと一緒《いっしょ》なら。

この仲間たちと一緒なら。

どんなことでも乗り越《こ》えられる。

何度だって立ち上がることができる。

俺たちが、希望の光となって未来を照らしていく――

エピローグ

永い刻《とき》が過ぎ去った。
人間にとっては一生を終えるほどの永い刻。
神にとっては一瞬《いっしゅん》にも似た刹那《せつな》の刻。
女神ミルフィナにとっては、とても幸せな刻だった。
ミルフィナの視界に広がる白の世界《せかい》。
賑やかな仲間たちの声も聞こえず、大好きな食べ物も存在しない白の世界《せかい》──天界。
ミルフィナは自分の故郷ともいえる天界に帰還《きかん》していた。
多くの出会いと別れがあった。
レピシアで経験した全ての出来事が、ミルフィナの宝となっていた。
「ミルフィナ、ただいま帰還しました」
無の空間にミルフィナの声が響《ひび》き渡《わた》る。
父である神レピスに、人間の世界《せかい》であるレピシアに放り出された女神ミルフィナ。姿形は幼女のままだが、追い出された時よりも顔つきは格段に凛々《りり》しくなっていた。

「よくぞ戻った。幼き神ミルフィナよ」

何も無い空間から神レピスの声が返ってくる。

抑揚《よくよう》が無く、無機質的な印象を受けるレピスの声。ミルフィナは、この父レピスの声に不思議な温もりを感じ取っていた。

「人間と魔族《まぞく》の融和というワタシの願い、無事に果たすことができました」

「うむ。見事であったぞ、ミルフィナよ。我ら神々の悲願である魔族との争いの終結。お前にならら実現できると思っていた」

「……はい」

ウィッシュたちと出会う以前のミルフィナであれば、この父レピスの発言に反発していただろう。しかし、仲間、友達、恋人、家族、様々な形の関係を知り、経験したことで、ミルフィナは父レピスの親心を察するまでに成長していた。

「お前に厳しく接していたことを謝る時が来たようだ。全ては魔族との争いを終わらせるためだったとはいえ、今まで済まなかった。我ら神々の厳しい態度、そして過酷《かこく》なレピシアでの修練に耐《た》え、よくぞ成長してくれた。これからのレピシアを導いていくのは、お前だ、幼き神ミルフィナよ」

ミルフィナの持つ女神の慈愛《じあい》。人間が大好きで、魔族に対しても深い愛情を注げるミルフィナ。神レピスは、そのミルフィナの性格と行動力を早い段階から高く評価しており、やがて世界《せかい》を導く存在になるだろうと予期していたのだ。

「ありがとうございます、お父様。しかし、レピシアを導くのはワタシではありません」

「ふむ。では、誰《だれ》が導いていくのだ」

「人間と魔族、そして、レピシアに住む全ての者たちです」

堂々とした態度でミルフィナが答えると、

「なるほど。たしかに――」

その通りだな、と神レピスは満足そうに言い、気配を消していった。

人間の神による肯定。これが本当の争いの終結だった。

ミルフィナの心にレピシアでの思い出が駆《か》け巡る。

その瞬間《しゅんかん》。

ミルフィナの瞳《ひとみ》に、これまで抑《おさ》えられていた雫《しずく》が浮かび上がる。

そして。

「――ウィッシュ兄《にい》！　みんな！　ワタシ、やり遂げたよ！」

ニッコリと笑ったのだった。

あとがき

皆様こんにちは、作者の迅空也です。弱点看破3巻、最後までお付き合い頂き、誠にありがとうございます。

こうして3巻まで本作を刊行できたのは、ひとえに読者の皆様のおかげであると実感しております。少しでもお楽しみ頂けたなら幸いです。

さて、3巻まで続いた本作もこの巻が最終巻となります。

新人賞の受賞作である本作は、応募時の段階では文庫1巻分の内容しかありませんでした。それが、こうして3巻まで世に送り出せただけでなく、物語を最後まで描き切ることができたのは作者として最高の喜びです。

本作は追放モノではあるのですが、応募作を執筆した当時から、追放した側とも最終的には和解し協力してほしいと願っていました。主人公のウィッシュが、その地点に辿り着いてくれて本当に良かったです。

自著を3巻まで刊行できたことは初めての経験なのですが、本作『弱点看破』は大変ありがたいことにコミカライズまでさせて頂いております。

最初にコミカライズのお話を聞いた時の衝撃は今でも鮮明に覚えており、私の作家人生の中でも特に大きな喜びの一つになっています。

そして、そんな弱点看破コミカライズは、現在『コミックファイア』様にて好評連載中です。小説は一足先にエンディングを迎えましたが、春夏冬唯人先生によりブラッシュアップされたコミカライズ版『弱点看破』は引き続き連載しておりますので、是非そちらの応援もよろしくお願いいたします。

以下、謝辞になります。

ＨＪ小説大賞２０２０前期の受賞から本作の刊行に至るまで御尽力くださいました担当編集様ならびにＨＪ文庫編集部の皆様。物語途中で終了となる作品が数多くある中、話を最後まで描かせて頂き、ありがとうございました。本作の制作過程で学ばせて頂いたこと全てが私にとって宝であり、今後の作品づくりにも是非活かしてまいりたいと思います。

素晴らしいキャラクターたちを描いて頂きましたイラストレーターの福きつね様。カバーイラスト、口絵、挿絵、そのどれもが感動するイラストで、著者であることを忘れ一フアンとして拝見しておりました。本作は、この巻の表紙で描かれたシーンに至るための物語であった、そう感じております。

コミカライズを担当してくださっている春夏冬唯人様、そして、コミカライズ担当編集様。著者の私にとって初めてのコミカライズということもあり、私自身は右も左も分からない状態でしたが、大変スムーズに連載を進めて頂き、ただただ感謝しております。ネームの段階から熱量が伝わってきて、現在進行形で感嘆しています。

また、本書の制作に御尽力くださった全ての方々に御礼を申し上げます。皆様が居てくれなかったら本書が書店様に並ぶことはありませんでした。多くの方々の支えのおかげで本がつくられているのだと実感しております。

そして、読者の皆様。

最終巻までお付き合い頂きましたこと深く感謝しております。本当に、本当に、ありがとうございました。

ウィッシュたちの物語は幕を閉じますが、私の作家としての物語はこれがスタートです。またどこかでお会いできる日を願っております。

それでは！

二〇二二年十一月吉日　　迅　空也

HJ文庫 https://firecross.jp/
1049

役立たずと言われ勇者パーティを追放された俺、最強スキル《弱点看破》が覚醒しました3

追放者たちの寄せ集めから始まる「楽しい敗者復活物語」

2022年12月1日　初版発行

著者――迅 空也

発行者―松下大介
発行所―株式会社ホビージャパン

〒151-0053
東京都渋谷区代々木2-15-8
電話　03(5304)7604（編集）
　　　03(5304)9112（営業）

印刷所――大日本印刷株式会社

装丁――coil／株式会社エストール

ISBN978-4-7986-3013-7　C0193

ファンレター、作品のご感想
お待ちしております

〒151-0053 東京都渋谷区代々木2-15-8
(株)ホビージャパン HJ文庫編集部 気付
迅空也 先生／福きつね 先生

ＨＪ文庫